《主題》で楽しむ100年の短歌　衣服の歌

時代の風に吹かれて。

大久保春乃
OOKUBO Haruno

北冬舎

時代の風に吹かれて。

衣服の歌 ✿ 目次

一　與謝野晶子

二　岡本かの子

三　移りゆく時代のなかで

装丁＝大原信泉

時代の風に吹かれて。

衣服の歌

一　與謝野晶子

1　美意識

はじめに

人は古来、衣服にさまざまな思いをこめてきた。喜び、哀しみ、人を恋う心……。それらは、短歌という小さな器に盛られたとき、一段と輝きを増すことになった。詠われて、とりどりの輝きをもった。

わが子等が小姓のやうに袴して板の廊下を通ふ初春　**『太陽と薔薇』**（大正十年）

お正月の晴れ着である「袴」を着せられて、一つずつ歳を重ねた子どもたちが緊張の面持ちで廊下を渡ってくる。小さな足袋が板を踏む音、新しい袴が擦れ合う音がし、「子等」を見守る母親の表情が彷彿する。おだやかな初春の景が立ちあがり、幸せが伝わってくる。

近代以降、日本の衣生活は、和服から洋服へと大きな変化を遂げた。そのなかで、衣服はどのように詠い継がれてきたのだろうか。

明治三十三年（一九〇〇）に、東京新詩社の機関紙「明星」が創刊された。「明星」を舞台に活躍を開始した與謝野晶子の「詠われた衣服のメッセージ」に耳を傾けてみたい。

男すがた

與謝野晶子は幼いころを回想して、次のような歌を詠んでいる。『新潮日本文学アルバム24与謝野晶子』（昭和六十年）に、二歳前後と思われる晶子の写真が載っているが、絣の着物に黒っぽい兵児帯《へこおび》を締め、髪を短く刈られた姿は、男の子そのものだ。

十二まで男姿をしてありしわれとは君に知らせずもがな　『春泥集』（明治四十四年）

ものほしへ帆を見に出でし七八歳《ななやっつ》の男すがたの我を思ひぬ　『夏より秋へ』（大正三年）

男装の理由は、跡継ぎの男児を欲していた父親の屈折した思いの現われとも、子どもの無事な成育を祈願して男装をさせる関西独特の慣習からとも言われている。

「鳳《おおとり》しよう」、のちの與謝野晶子は明治十一年（一八七八）、大阪の堺に、老舗の和菓子屋の三女として生を享けた。母親は後添いで、先妻の長女のほか、晶子の前にすでに一女をもうけていた。周囲が跡継ぎの男児を望むなかで生まれた三人目の女児であったことから、父親の失望は大きく、生後まもなくから二年間、乳母とともに叔母の家で育てられたという。

はたして実際に十二歳まで、日々、男装であったのか、歌の内容がそのまま事実とも思えないが、物心ついての最初の衣服との出会いは、すくなくとも幸せなものではなかったようだ。「君に知らせずもがな」という女心が、ほほえましくも、かなしい。

個人差はあるだろうが、子どもといえども、装うことへの興味はけっして小さくない。晶子より四歳下の川田順は、第一歌集『技藝天』（昭和四年）の巻頭に、「みなし児の歌へる」と題した一連を掲げている。「十二歳頃までの……出来事心持などを追懐してよめる歌ども」と添え書きのある一首目が、次の歌である。

付紐のとれし寝巻を着せられてさびしう床にはいりけるかも

川田順『技藝天』（昭和四年）

子どもの着物には男女の別がない。男の子にも、身頃の脇の下があいている「身八ツ口《みやつくち》」というものがあり、そこに紐を通して着られるように、衿に付紐が縫い付けられている。付紐を取るのは、古くは「紐解きの儀」、あるいは「帯直しの儀」と呼ばれた儀式で、いまで言う「七五三」の「七歳」の御祝いのルーツにあたる。

ちなみに、「三歳」は髪を伸ばし始める節目の「髪置きの儀」、「五歳」は初めて、男児は袴、女児は裳《も》を付ける「袴着の儀」「裳着の儀」であった。

いつまでも子どもでいることは許されない。川田少年は大人への第一歩を衣服の変化とともに心に焼き付けているのである。寝巻きから付紐が取られ、母親の添い寝からも卒業して、少年はおそるおそる青年の閾へと踏み出していった。

一方、晶子の歌友であり、ライバルでもあった山川登美子には、次のような歌がある。晶子と増田（茅野）まさ子（雅子）との三人の共著の歌集『恋衣』（明治三十八年）にある。

羽子よ毬よみな母君にかくされて肩上あとの針目さびしき

山川登美子共著歌集『恋衣』（明治三十八年）

子どもの遊び道具である羽子板や手毬と強制的に別れさせられ、大人の仲間入りを宣告された少女の目に、自分の着物の「肩上げ」の糸を抜いた跡が、針目の穴が、さびしく映る。ぷつぷつと規則正しく並んだ針穴は、母親の庇護の下で安閑としていた日々には二度と戻れないことの証であった。

「肩上げ」は「腰上げ」とともに、子供の着物に欠かせないアクセントだ。背中の中心から手首までの「裄《ゆき》」と背丈の成長に対応する知恵であるばかりか、デザイン的にも子どもの愛らしさを引き出す効果を上げている。用と美を兼ね備えた、すこし大げさに言えば、日本の衣服文化の面目躍如とも言える技法だ。

付紐や肩上げに心を動かして詠った川田順や山川登美子のように、衣服への関心は幼い心にもしっかりとある。それは、成長に伴って衣服の形の変化がはっきりしていた和服ならではのことである。

往きかへり八幡筋の鏡屋の鏡に帯を映す子なりし　『佐保姫』（明治四十二年）

この歌について、晶子は自歌自註書である『短歌三百講』（大正五年）のなかで、次のように述べている。

「心斎橋の八幡筋、この町の名を聞くだけでも若い娘達は胸を轟かせる。……往くにも帰るにも八幡筋の鏡屋で帯の結び目を微笑んで見たと云ふやうなことも自分と云ふものを語る時には忘れることの出来ないことである。」

背筋を伸ばして鏡に振り向きながら、帯の結び目の美しさにうっとりとする少女たちである。帯結びとは、いわば他者の目に映えさせるための装いだ。帯結びといううしろ姿のおしゃれを意識し始めて、和装の少女は娘へと成長していく。娘らしい装いに心躍らせる日々を迎える。

本を読み流行《はやり》の衣を欲しがりし娘も思ふふるさとのこと　『夏より秋へ』

『夏より秋へ』は、大正三年、晶子三十六歳の年に刊行された。掲出歌では「本」と「流行《はやり》の衣」によって娘時代が回想されている。まさに晶子を語るにふさわしい二大アイテムだ。

晶子は十二、三歳ころから、家業の和菓子屋を手伝うかたわら、父の蔵書の古典文学に親しみ始め、男姿をさせられていた幼児期の記憶を澱のように身体の中へ沈めつつ、『源氏物語』や『新古今和歌集』などに触発される、王朝風な絢爛な装いを夢見る娘時代へと入っていく。その後、晶子の衣服への興味は、さらに広がりを見せていった。

だんだら染

初めて與謝野晶子(『みだれ髪』刊行時は鳳晶子)の『みだれ髪』を読んだとき、衣服に関する言葉がとても多いことに気づいて驚いた。羽織、うすもの、夜着、袖、褄、といった着物の種類や部分の名称、また、紫、紅などの色彩、都染、曙染、菊づくし、みだれ藻染め、といった染織や文様、さらには、みだれ篋《ばこ》、衣桁などの小道具も含めて、じつに幅広い。

紫にもみうらにほふみだれ篋をかくしわづらふ宵の春の神　　**『みだれ髪』(明治三十四年)**

といったぐあいである。現代であればファッション雑誌、江戸時代ならば小袖の染め見本帳である『小袖雛形本』のページを繰るような楽しさである。

田山花袋の『田舎教師』(明治四十二年)の主人公・清三が、晶子の歌を「殆どわれを忘れるほど熱心」に読み耽ったのとは趣を異にするものの、百年後の私はその衣服の描写の魅力に、「われを忘れ」た。

朝を細き雨に小鼓おほひゆくだんだら染の袖ながき君　（同）

初句の入り方がいかにも星菫調で、耳に心地よい。逸見久美の『みだれ髪全釈』（昭和五十三年）によれば、祇園町の朝の風景を叙したものか空想歌か定かではないが、いずれにしても「袖ながき君」は舞妓であるという。

この一首に瑞々しい命を与えているのは「だんだら染」である。だんだら染とは、横縞が段々に違った色になった、だんだら筋の染め模様のことを言う。華やかで大胆、かつ若々しい模様だ。上田敏は「明星」誌上で、「世には今だんだら染の流行するを、流石女性の眼するどし」（「みだれ髪を読む」、「明星」明治三十四年十月号）と評している。

この当時の流行だったようだが、江戸末期の風俗を記した喜田川守貞の『守貞謾稿』にも、「取り染　古名なり。今俗、京坂にてだんだら染と云ふ。段班〔斑〕、だんまだらの略なり。江戸にて手綱染と云ふ」とあるので、小袖の時代から定番の息の長い染め模様であることがわかる。

また、「だんだら染」という言葉は、視覚的にもまして聴覚的にも魅力的である。「だ、ん、だ、ら」という「音」には、力強さの反面、どこか子どもっぽく舌足らずで、未成熟なものが瞬きの間に放つ、エロスのようなものがある。

さらに、舞妓の象徴である「だらりの帯」に通じる音であることともあいまって、「袖ながき君」のイメージを最大限にふくらませている。晶子の耳奥に、まず、「だんだら染」という言葉があって、「だんだら染、だんだら染……」と唱えるうちに場面が立ちあがり、音から成った歌なのではないか。

與謝野鉄幹の歌にも、「だんだら染」が登場する。鉄幹の筆名は、明治四十年（一九〇七）前後より本名の寛へと移行し、『相聞《あいぎこえ》』からは與謝野寛に統一された。

三階のしろき稲佐《いなさ》のてすりからだんだら染の振袖が呼ぶ

與謝野寛『相聞』（明治四十三年）

『相聞』は明治四十三年、「明星」後半期の集大成としてまとめられた第七歌集である。掲出歌は、「**長崎の盆の供養にゆきあひぬ一つ流さむ赤き燈籠**」、一首おいて、「**天草のSANTA MARIAの初夜の鐘異国の僧の山に撞く鐘**」に続いている。

これらの歌の舞台となったのは、明治四十年（一九〇七）の七、八月、與謝野寛、平野萬里、北原白秋、吉井勇、太田正雄（木下杢太郎）の五人による、九州北西部の旅であった。その様子は「五足の靴」と題して、旅先から「東京二六新聞」に寄稿され、「五人づれ」の署名で二十九回にわたって掲載された（明治四十年八月七日―九月十日）。

長崎市の稲佐は、嘉永六年（一八五八）から日露戦争（一九〇四―〇五）までの約五十年間、ロシア極東艦隊の冬期の基地として栄えた町だ。しかし、五人が訪れたときには、遊女屋も銘酒屋も廃業し、露西亜《ろしあ》文字の看板に戦前の賑わいを想像するばかり、「稲佐は益々さびれて行く」というありさまだった。吉井勇（「五足の靴」ではＩ生）の詩では、そんな稲佐が次のように詠われている。「乾きはてたる無花果《いちじく》の／葉こそは喘《あへ》げ。暑き日の／稲佐の土は眠りたる。／懶《ものう》げになりや、肉桂《にくけい》の／香ぞ満ちけらし、窓すべて／閉ぢたるままに蕭《しめ》やかに。／脂《あぶら》のにほひ何処《いづこ》より／洩るるか、分かず、黒髪の／香にまじはりて漂ひぬ。……」

　掲出歌にもどってみると、「てすり」から呼ぶ「だんだら染の振袖」は玄人の娘だろう。はるか三階の高みから道行く男に声をかける大らかさが、大胆なだんだら染の振袖が、異国情緒あふれる稲佐という町の風情を高めている。それもこれも、現実にはしめやかに閉じられた窓を見上げた與謝野寛の眼に、ひととき映った幻だったのかもしれない。

　衣服に注目して晶子の歌集を読んでみると、『みだれ髪』から『小扇』『毒草』を経て、『恋衣』にいたる四冊の歌集の収録歌のうち、じつに一割強で衣服に関することが詠われていることに気がつく。とくに『恋衣』では、二割近い出現率であり、その絢爛さには目を見張る。

　この時期、晶子の二十三歳から二十七歳にかけては、鉄幹との恋の成就、歌壇へのデビュー、二人の子どもの出産と、若さあふれる輝かしい時代であった。しかし、現実の暮らしは、生活力に乏しい鉄幹と子どもを抱え、年ごとにきびしさが増した。

　のちに、晶子自身、当時（明治三十八年・晶子二十八歳）を振り返って、「わたくしの物質生活が極めて貧困であつた時代で、わたくしは外出着に、冬は一枚の銘仙の羽織と、夏は縮の浴衣が一枚あつただけである。併しわたくしは、さう云ふ中で、歌の三昧に入つてしまふと、何事も忘れることの出来た幸福な時代であつた。」（『現代短歌全集』第五巻「與謝野晶子集の後に」昭和四年）と述べている。

経済的な苦労をものともせず、若い女性らしい、おしゃれや衣服への興味やあこがれをもっぱら歌に託していたのではないだろうか。

その後、明治四十一年（一九〇八）、自然主義の興隆のなかで、「明星」は終刊となる。七児の母となっていた晶子は、明治四十五年、失意の夫、鉄幹を渡欧させ、みずからも半年後にパリに行き、そして帰国後に十一番目の歌集『夏より秋へ』（大正三年）を刊行する。そこには、次のような歌がある。

欲しがりしだんだら染もうづまきの模様も旧《ふ》りぬ忍びて笑ふ　『夏より秋へ』

すでに「だんだら染」の流行は去り、若い日の「だんだら染」への執着を晶子は思い出す。「忍びて笑ふ」とはなんとさびしい心のありさまだろう。このとき、『みだれ髪』から十三年の歳月が流れていた。

さらに、一つ付け加えておきたい。

「縞」の模様と言えば、九鬼周造の『「いき」の構造』（昭和五年）が思い出される。しかし、同書では、「だんだら染、友禅染など元禄時代に起ったものに見られるようなあまり雑多な色取りをもつことは「いき」ではない。」と、一刀のもとに切り捨てられている。

九鬼が論拠にしているのは江戸文化であり、江戸児《えどっこ》の気概としての「意気」、「意気地」であった。一方、晶子が身につけているのは、生まれ育った大阪の堺の文化であり、心斎橋筋の美的感覚である。鉄幹を慕って上京し、東京新詩社で作歌活動のスタートをきった晶子であったが、美意識の根はあくまでも京阪にあった。晶子の歌に詠まれた衣服について考えるには、そのことを踏まえる必要がある。

先に引用した『守定謾稿』によれば、小袖模様としての「だんだら染」は京阪の呼び名で、江戸では「手綱染」である。この派手な横縞の染め模様と京阪という土地柄と、そして晶子とは、一本の線上にある。

2　時代

ふるさと

大阪（浪華）への愛着を、晶子はなつかしい娘時代の衣服にまつわる思い出とともに、さまざまに詠っている。

宵の子は頭巾ををしむゆひそめ髪《がみ》浪華の街《まち》の南に長き　『小扇』（明治三十七年）
夕粧《ゆふげは》ひて暖簾《のれん》くぐれば大阪の風簪《かざし》ふく街にも生ひぬ　『恋衣』（明治三十八年）
誰れが子かわれにをしへし橋納涼《はしすゞみ》十九の夏の浪華風流《なにはふうりう》　（同）
水にさく花のやうなるうすものに白き帯する浪華の子かな　（同）

『小扇』は明治三十七年、『恋衣』は翌三十八年に刊行された。二十代後半になった晶子が、娘時代の装いに思いを馳せて詠っている。いずれの歌も、陽が西に傾いて、人々が夕涼みに出る時刻から宵闇へと暮れてゆく大阪（浪華）の街を背景としている。若い娘の、結ったばかりのつやつやと輝く黒髪が、また風に揺れる簪が、あるいは身体の線を浮き立たせる羅《うすもの》の着物に合わせた帯の白さが、印象的に詠いだされている。

現代でも、関東人と関西人では、衣服の趣味に違いがあり、一般的に、関東は地味、関西は派手、というイメージが定着している。

では、晶子の時代はどうだったのだろう。当時の、主に婦人服の流行を知ることのできるものの一つに、その名も「流行」という雑誌がある。これは、今日で言えば、「ａｎ・ａｎ」や「ＭＯＲＥ」と同じようなファッション雑誌で、明治三十二年（一八九九）に流行社が創刊し、明治四十四年（一九一一）からは、のちに「東急百貨店」となる「白木屋呉服（洋服）店」が発行を引き継いでいる。

『みだれ髪』刊行の前年、明治三十三年の号に、「東京と西京」と題する、次のような記事がある。

「京の着たおれとは昔から云ふ事だが、今は余り着倒れとは思へぬ、……東京の着倒れといふ方、穏当に思はる。……唯西京の東京に優《まさ》れるは下等の生活をして居る者迄も、常に甚た見苦しからぬ衣服を纏ふて居る一事で有る。例へば八瀬《やせ》や小原《おばら》の黒木《くろぎ》売、……草取りに来る女等が、折目のピンとした帷子など着て居るには感心した。」（「流行」明治三十三年九月、第十号）

ふだん着や労働着にまで浸透している関西の女性たちのおしゃれ心や、美しく装うことへのこだわりに言及している。晶子が詠った十九歳の娘の「浪華風流《なにはふうりう》」も、関西人のこのような心意気に根ざしているのだろう。

このあと、約四半世紀を隔てて、晶子の四十代後半の歌集『心の遠景』（昭和三年）に、先に掲出した四首目の「帯」を回想するような一首がある。

若き日の帯の如くにその町もかの町も見ゆ浪華思へば　『心の遠景』（昭和三年）

晶子は『私の生ひ立ち』（大正四年の「新少女」に連載された随筆をまとめたもの。刊行は平成二年）に、「茅渟《ちぬ》の海に面した和泉国《いづみのくに》の一小都市」である堺の風物を丹念に描いている。年に一度の蚊帳の洗濯のこと、立春の日に鶴の羽を髪に挿して方違《かたたがへ》神社へ参詣する女たちのこと、泉洲《せんしう》紡績の工場に通う工女の姿……。それらのなかに、髪型を、子どもらしい、平らな「お煙草盆《たばこぼん》」に結った晶子自身も登場する。

晶子の長男である與謝野光氏は、同書の「後記」で、晶子が亡くなったあと、晶子の朱塗りの手文庫から手紙や写真など、堺ゆかりの品々がまとめて見つかったエピソードを披露して、「弱味を見せずに頑張り通した母にも、心の奥底には……堺時代を偲ぶ心があって、母を慰さめ又励ましてくれたものと信じます。」と記している。晶子の、ふるさとへの愛着のほどが偲ばれる。けれど、晶子の歌において、「大阪」は単なる回想の対象としてあるだけではない。

島田結ひ大阪人とよばるるをわれにふさひし名ともせしかな　『佐保姫』（明治四十二年）

わが前に人らひろげぬなつかしき茜もめんの大阪なまり　『青海波』(明治四十五年)

『佐保姫』は明治四十二年、『青海波』は明治四十五年に刊行された。晶子の三十代前半になっての感慨だ。

一首目の「島田」はどうだろう。明治時代の終わり、東京では日本髪を廃して、束髪を結う女性が増えていた。明治三十八年の日露戦争の旅順陥落にちなんで、「二百三高地」と名づけられて流行した庇髪なども、この束髪の一種である。

このような時代にあって、晶子はあえて旧弊な「島田髷」を結い、大阪人と呼ばれることこそ自分にはふさわしい、と詠う。日露戦争に出征してゆく弟を思って、「君死にたまふことなかれ……」と、時代に反旗を翻してまでもみずからの気持に忠実であろうとした晶子、そんな晶子が彷彿するような矜持である。

二首目の「茜もめんの大阪なまり」――、これはまた、なんと愛情深い、優しい「大阪弁」の比喩だろう。ふるさとのことばのなまりといえば、石川啄木の「ふるさとの訛《なまり》なつかし/停車場《ば》の人ごみの中に/そを聴きにゆく」(『一握の砂』明治四十三年)や、さらに寺山修司の「ふるさとの訛りなくせし友といてモカ珈琲はかくまでにがし」(「初期歌篇」昭和三十二年以前、高校生時代)などが思い出される。啄木はふるさとの喪失感を詠い、寺山は啄木のセンチメンタリズムに抗うように、喪失の苦い思いを詠った。

それに較べて、晶子は「茜もめん」という比喩である。古来、布を赤に染めるのに用いられた植物は、紅花と茜であった。茜で染めた木綿、「茜もめん」は、前垂れ、腰紐、手拭い、あるいは襌といった日常生活に密着した小物に多用された。肌に近い、なつかしい布であり、しかも美しい布であった。

晶子は、「わが前に人らひろげぬ」と、やわらかな「茜もめん」の布の手ざわりと、「大阪弁」のゆったりとしたイントネーションのイメージを巧みに重ねた。「大阪なまり」は、失われた過去の追憶ではなく、茜の色をもって晶子の身体を脈々と流れていたのである。「島田髷」や「茜木綿」に象徴されるような、華やかで、伝統に篤い、それでいて気取りのない、なつかしい大阪。そんな大阪が、晶子の心の芯に、歌の芯に、埋め込まれていた。

絢爛の筆

『みだれ髪』の上梓以来、與謝野晶子は毀誉褒貶の渦のなかにいた。

湯あがりを御風《みかぜ》めすなのわが上衣《うはぎ》ゑんじ《ママ》むらさき人うつくしき

『みだれ髪』（明治三十四年）

この晶子が詠った上衣の色について、與謝野鉄幹は、「ゑ《ママ》んじ紫は晶子の造語で、それを愛の深刻な標色に用ひた」（「明星」明治三十四年九月号）と言っている。湯上りの男に、女が自分の着物を着せかける場面である。「臙脂紫」とは、夕焼空にじりじりと闇が忍び寄るような、妖艶さの内ごもる色だ。一対の男女の、かならずしも明るいばかりではない、複雑にからみあう恋心を表わすのに効果的な造語のように思える。

さらに、この歌については、のちに島木赤彦が『歌道小見』（大正十三年）のなかで、次のように述べている。

「湯上りの心持は小生も嫌ひではありません。それへお風邪召すななどと言はれて上衣を掛けられるのは具合のいゝ心地がいたされます。……小生もさういふ状態に置かれたら有難く思ひませう。従つて、湯上りにも臙脂紫にも異存はないのでありますが、然らば、この歌の前に頭が下がるか何うかといふことになれば問題が変つてまゐります。……これは極言すれば、当世流行の軽薄感の代表とも言はれませう。……」

写実主義を標榜する「アララギ」の歌風を打ち立てた赤彦が、晶子の歌を酷評するのは当然である。しかし、この歌の場面設定や上衣の臙脂紫を「心地良い」としているのは、一男性読者として思わずのぞかせた、まことに素直な感想のように思われる。

晶子の歌に多く詠われた染色や織物の名称も、すこしまちがうと、人目を驚かす絢爛な単語の羅列にすぎない、と評価される危惧もあった。森鷗外が日露戦争の最中、陣中から妹の小金井きみ子（喜美子）に宛てた書簡に、興味深い記述がある。やや長くなるが、引いてみる。

「秘何をか絢爛の筆といふ
こんなむづかしい題をすゑては見たが、何も論文を書かうといふのではない。新派の女王鳳晶子の筆は絢爛人目を奪ふといふのは崇拝者一同の一致して称揚する所だが、その絢爛といふものがどうして出て来るかといふことを誰も十分に詮議して見たものはないやうにおもふ。例えば「みだれ髪」に「浅ぎ地に扇ながしの都ぞめ九尺のしごき袖よりも長き」……これ等が崇拝家のいはゆる絢爛中の絢爛だらう。……しかし古来ないことを始てやつてもそれが又誰にも出来ることだとあまり驚嘆にあたひしないだらう。……此新詩社の大いなる「技巧」とかは果して誰にも出来ないだらうか。……そこで拙者が一つ試験を実行して見た。それは拙者の記憶に妻が婚礼に来たとき何だか大さう赤いところや白いところの錯雑してゐる又処々の光つてゐるなりをしてゐたから、あの呉服地から染色縫模様を一番問うて見やうとおもひ立つた。扨早速質問に及んで答弁を得たところでそれを三十一字づつにならべて見た。其歌に曰はく。「緋綾子《ヒリンズ》に金糸銀糸のさうもやう五十四帖《テフ》も流転《ルテン》のすがた」「函迫《ハコセコ》や紅白にほふ羽二重の襟にはさめる錆茶金襴《サビチャキンラン》」……晶子さんには甚だ失礼だがどうも身びいきの拙者の目には御名吟と大差はないやうだ。果して然らば三井大丸乃至三越のかきつけも亦是絢爛の筆にあらざるかなどとも云ひたくなるのだ。……注意。平野なぞにも極秘ですよ。」（明治三十八年八月）

　末尾の平野とは平野萬里のことだろう。「緋綾子《ヒリンズ》」と「函迫《ハコセコ》」の二首は、日露戦争従軍中の詩歌をまとめた『うた日記』（明治四十年）に収められている。

　鷗外は新詩社の支援者であり、鉄幹、晶子との親交も深かった。この数日前の七月二十八日にも、鷗外は同じく小金井きみ子に宛てて、「新派長短歌研究成績報告書」と題する書簡を送っている。そこでは、「譬へばこれまでの歌にない、機一髪、ハットおもふやうな処を巧者におさへてゐる……晶子先生の事ばかしいふやうだが、跡は大ていあれの口まねだからね」と、晶子の歌を正当に評価している。

鷗外は『うた日記』のなかで、「我歌は素《す》ごとただこと技巧《たくみ》あらじ歌におごれるわかうどな聞きそ」と詠っている。鷗外は、みずからの「素《す》ごとただこと」の対極として、晶子の「絢爛」の歌に反応していたのである。

額《ぬか》ごしに暁《あけ》の月みる加茂川の浅水色《あさみづいろ》のみだれ藻染《もぞめ》よ　　『みだれ髪』

加茂川べりの宿で一夜を明かした女の、みだれ藻染の浴衣がなまめかしい。「水」の縁語を連ね、自然に「みだれ藻染」を導く。さらに、「みだれ」の語は、「乱れ髪」「寝乱れ」といった状況を示唆する効果もあげている。

紫にもみうらにほふみだれ篋《ばこ》をかくしわづらふ宵の春の神　　(同)

「もみうら」とは、鮮やかな「紅絹《もみ》の裏地」のことで、既婚女性の和服には用いられない、若い娘の象徴的な色である。あたりが闇に沈んでも、「みだれ篋《ばこ》」に脱ぎ捨てられた紅絹は、春の宵の神といえども隠しきれないほど、艶な色を放っているというのである。

浅黄地に扇ながしの都染九尺のしごき袖よりも長き　（同）

「都染」は「京染」、主に「京友禅」を指すという。ここでは、川の流れにとりどりの扇を浮かべた「扇流し」の模様の友禅染であろう。長い振袖よりも、さらに長い帯状の飾りである「しごき」で、「明星」発表時は「五尺」であったが、『みだれ髪』では「九尺」と改作されている。それを帯のうえから華やかに結んだ娘の若さが際立つ。扇流しの模様に重ねられたしごきを、帯の位置から裾へといたる流水と見立てているとするのは、読みが過ぎるだろうか。

われも人も兄に惜みし舞ごろも藤ばな染を二の児《こ》に裁ちぬ　『毒草』（明治三十七年）

二人目の子どものために、大切に保存してきた「舞衣《まいごろも》」に鋏を入れる。洋服と違って和服は、大人の着物である「大裁《おおだ》ち」から、子どもの「中裁《ちゅうだ》ち」や「小裁《こだ》ち」へ、あるいは「長着」から「羽織」や「半纏」へと、大きいものから小さいものへと縫い替えられ、形を変えて、次の世代へと受け継がれてゆく。咲き盛る「藤の花房」は、伝統的な染模様だ。母親のみならず、両親からの愛をこめられて、美しい着物に生まれ変わったことだろう。

人春秋《ひとはるあき》ねたしと見るはただに花衣《きぬ》に縫はれぬ牡丹しら菊　『恋衣』

人は歳を重ねてゆくが、季節の花々の年ごとの新たな美しさはねたましいほどだ。春には牡丹の、秋には白菊の刺繍の花をまとうことで、人は永遠の美を我が身にとどめようとする。装いの原点に思いいたる一首である。

晶子が詠った「乱れ藻染」「紅絹裏《もみうら》」「扇流しの都染」「藤花染」「牡丹、白菊の縫」、これらの例を見ても、それぞれの言葉が一首のなかで差し替え不可能なキーワードとして、十全に機能している様が読み取れる。

染色や織物、あるいは和服そのものに対する晶子の愛情の深さが、鷗外がからかった「三井大丸乃至三越のかきつけ」をはるかに越えた、「技巧《たくみ》ある絢爛の筆」となった。

3 色彩感覚

紅梅

與謝野晶子を初めとする新詩社の歌人たちにとって、赤い色は恋愛の象徴であった。

それとなく紅《あか》き花みな友にゆづりそむきて泣きて忘れ草つむ

山川登美子共著歌集『恋衣』（明治三十八年）

山川登美子の、あまりにも有名な一首である。明治三十三年（一九〇〇）の十二月、登美子は郷里に身を退いて、山川駐七郎のもとに嫁いだ。この歌は、その直前の十一月に「明星」に発表された。晶子に譲らざるをえなかった登美子の「紅《あか》き花」は、鉄幹への熱い思いであった。

乳ぶさおさへ神秘のとばりそとけりぬここなる花の紅《くれなゐ》ぞ濃き

『みだれ髪』（明治三十四年）

この歌について、與謝野鉄幹は、「……花のくれなゐ濃きは世に又となく貴からずや。恋は人生のまばゆき花、誰かに触れずして此の真のにほひを罵る。……膚に寸布をつけず、気高う乳房おさへて立ちたる詩中の人は、やがて恋の女神の化身なるべし」(「明星」明治三十五年二月号)と言っている。

與謝野晶子の恋の花は紅、しかも濃い紅であった。晶子は、赤い花の中でも紅梅を好んだらしく、終生、多くの歌に詠っている。

濃き梅をよしと思はぬ人の子を捕へて参れ紅衣《こうえ》の童　『夢之華』(明治三十九年)

この歌について、晶子は自歌自註書である『短歌三百講』(大正五年)のなかで、次のように述べている。

「昔清盛は紅の服を着せた子供の大勢に洛中を巡回させて自身の誹謗をするものがあつたら捕へようとした。自分の思ふ処もまた紅色を着せた子供に町を歩かせることである。自分は自分の好きな紅梅の花を好くないとか、白い梅に劣つて居るとか云ふ者があつたら自分の所へその者を伴れて来させる考で居る。」

晶子が歌の下敷きにしている清盛のエピソードは、『平家物語』の巻第一のなかの「禿髪」に登場する。仁安三年(一一六八)、清盛が五十一歳で出家したあと、世はすべて平氏に迎合した。

平氏にあらざれば人にあらず、と言われた時代である。

清盛は、十四、五、六歳の童を三百人揃えて、髪を首のまわりで切り揃える髪型である禿《かむろ》に切らせ、赤い直垂《ひたたれ》を着せて洛中を往来させた。それが晶子の歌の「紅衣《こうえ》の童」である。平氏の悪口を言う者があれば、他の仲間に触れまわして、大勢でその家に乱入し、家財道具を没収して、家の男を六波羅へ連行したという。「紅衣の童」は「道を過ぐる馬車もよぎてぞとほりける」と恐れられた。

晶子は紅梅の「紅」から「紅衣」へとイメージをふくらませたのかもしれないが、それにしてもなんと大胆な発想だろう。白梅よりも紅梅が好きだという、言ってしまえばそれだけのことを大上段に構えて詠ってみせる。紅の袈裟をかけた「晶子清盛」が見えるようで楽しい。

恋は紅梅《こぞめ》詩はしら梅の朝とこそ湯の香に明けし春の山物語《やまものがたり》　『小扇』（明治三十七年）

「恋を語るには紅梅、詩を語るには白梅の咲く朝がいい」と語り合った、湯の香に明けた春の山である。

逸見久美の『小扇全釈』（昭和六十三年）によれば、この歌の場面は、明治三十四年一月九、十日の、京都粟田山、鉄幹と晶子が二人で迎えた朝の情景であるという。「恋は紅梅《こぞめ》」、この一途な断言に、鉄幹を想うまっすぐな気持が通っているようだ。

晶子は衣服の趣味について、「私は、どちらかと云へばくすんだ趣味が嫌ひで派手好みの方ですが……」（『愛、理性及び勇気』大正六年）と述べている。次のような歌に、そうした晶子の好みがよく表われている。

紅梅に金糸のぬひの菊づくし五枚かさねし襟なつかしき　『みだれ髪』

桃われの前髪ゆへるくみ紐やときいろなるがことたらぬかな　（同）

右の二首は、いずれも「舞姫」と題された一連のなかのものである。

一首目の「紅梅」は着物の地色を指している。濃い紅の地に、「菊づくし」という模様を金糸で刺繡した目の奥がまぶしくなるような着物に、「五枚重ね」の襟（着物と長襦袢の間に重ねる伊達襟。ここでは五枚）を合わせる。そんな舞姫の絢爛な装いを、晶子は、なつかしいと詠う。「**夏祭よき帯結び舞姫に似しやを思ふ日のうれしさよ**」（『舞姫』明治三十九年）と、幼いころを回想した歌も思い合わされる。

二首目は、「舞姫」の前髪を結わえている組紐の色が「ときいろ」、つまり淡い紅であることが物足りないというのである。着物や帯の華やかさに対して、まだ桃割れを結っている幼さの残る白い顔が負けてしまうのだろう。それを引き立たせるために、前髪の組紐は鮮やかな紅であってほしい。いかにも晶子らしい色彩感覚である。

真赤な臙脂《べに》

『みだれ髪』刊行後の晶子の人生は、結婚に続くたびたびの出産、「明星」の終刊（明治四十一年）、夫の寛の渡欧（明治四十四年）、そして、半年後にはそのあとを追っての旅立ちと、まさに息をつく暇もなかった。

帰国後の大正三年（一九一四）に『夏より秋へ』が刊行された。上中下の三巻から成るこの詩歌集には、上・中巻に短歌七六七首が、下巻に詩一〇二篇が収められている。

下巻の巻頭詩は、「そぞろごと」である。

山の動く日来る、
かく云へど人われを信ぜじ。
山は姑《しばら》く眠りしのみ、
その昔彼等皆火に燃えて動きしものを。
されど、そは信ぜずともよし、
人よ、あゝ、唯これを信ぜよ、
すべて眠りし女今ぞ目覚めて動くなる。

この詩は、明治四十四年（一九一一）、「青鞜」創刊号の第一ページを飾ったものである。平塚らいてうの「元始、女性は実に太陽であつた……」とともに、まさに記念碑とされた一篇である。遠くは婦人参政権、近くは男女雇用機会均等法へと連なる日本の女性解放運動の産声として、歴史に刻まれた。

らいてうは明治四十四年の夏、「青鞜」創刊号への原稿依頼のため、麴町の與謝野家に晶子を訪ねた。そのときの印象を、「萩、桔梗などの秋草模様のはでな浴衣がけで、そのころはやりの大前髪を、くずれるにまかせたようなお姿は、むしろ濃艶にさえ見えました。」（「晶子先生とわたくし」、「短歌研究」昭和二十六年五月号）と書いている。話しぶりは小さな声で独り言のようだったが、「派手な浴衣がけ」の「濃艶」な姿が印象的だった。

『夏より秋へ』の下巻は、巻頭詩に続く一〇一篇の詩で、滞欧中を含めて、その前後の日々をストーリーに沿って展開している。読み進めるほどに、晶子の生の声が、息遣いが、聞こえてくるようである。

茜《あかね》と云ふ草の葉を搾つて
臙脂《べに》はいつでも採《と》るとばかり、
わたしは今日まで思つてた。
鉱物からもよい臙脂《べに》は採れるのに。
そんな事はどうでもよい、

わたしは大事の大事を忘れてた、
わたしの夢からも、
こんなに真赤な臙脂《べに》が採れる。

（『夏より秋へ』下巻「37」）

晶子は、「わたしの夢」から「真赤な臙脂《べに》が採れる」という。「べに」というと、口紅や頬紅など、化粧品としての「べに」が思い浮かぶが、紅花ではなく、「茜」が原料となると、染料としての「べに」に限定される。化学染料が主流になる前は、布を染める染料といえば、天然染料であった。天然染料には、植物染料、動物染料、鉱物染料の三種類がある。

赤色系の植物染料には、晶子もあげている茜（実際には、葉ではなく根から色素を採る）や紅花が、動物染料にはコチニール（カイガラ虫）やラックダイ（臙脂虫）が、鉱物染料には土のなかの水酸化鉄の化合物などがあった。これらの染料によって、「あか」「くれない」「べに」「あかね」「こうばい」「もみ（紅染の絹）」など、赤色系の多様な色が染められていたのである。

しかし、恋に、家庭に、創作に、あふれる情熱をもって生きた晶子は、「わたしの大事の大事」として、自分の「夢」からだって、こんなに「真赤な臙脂《べに》」を採ることができるのだ、と誇らしげに言うのである。その「夢」とは「あくがれるこころ」であっただろうか。「赤」は晶子にまことにふさわしい色であった。

ところで、晶子と同時代の人々は、赤い色にどのようなイメージを抱いていたのだろう。

参考までに、明治四十四年、色彩学者の菅原教造が学生四十五人を対象に行なった色彩についてのアンケート調査（「色彩の表情」、「人類学雑誌」明治四十四年六・七月号）を見てみる。アンケートは、赤・橙・黄・緑・青・紫・牡丹色の七色を、それぞれ淡色・正色・濃色に分け、それに白・鼠・黒を加えた計二十四色について、その印象から生じる思想や感情、連想する自然現象や事物などを項目別に問うている。

赤（淡・正・濃）に関して、回答の多かった言葉をあげると、およそ次のようになる。

薄赤＝愛らし、平和、可憐／桜、桃、春

赤＝活動、赤心、希望／太陽、血、日の丸

濃赤＝高尚、戦争、真面目、陰険、汚辱／袴、血液、ばら、天竺牡丹……

晶子の愛した「真赤な臙脂《べに》」、つまり「濃赤」には、その当時を反映して、「戦争」「袴」「天竺牡丹」などもあげられている。

明治四十四年といえば、日露戦争と第一次世界大戦の間の、戦時色の強い時代であった。「戦争」のほかにも、「殺伐」「強制」「錯雑」といった言葉も見られた。「袴」とは、明治三十年代から流行した女学生の袴のことである。「天竺牡丹」は、明治の終わりから大正時代に栽培が流行した、ダリアの和名である。

「濃赤」から連想される言葉には、「薄赤」や「赤」とは異なって、プラス（高尚・真面目……）とマイナス（陰険・汚辱……）の意味を持つ言葉がせめぎあっているのがおもしろい。清濁併せ呑む、といったイメージだろうか。この時代の人にとっては強烈にすぎる色であったが、激しすぎたからこそ、晶子の嗜好に合ったのかもしれない。

おらんだ染

明治四十四年十一月に単身渡欧した寛を慕って、晶子はこんな詩を書いている。

良人《をつと》の留守の一人寝に、
わたしは何を著《き》て寝よう。
日本の女のすべて著る
じみな寝間著はみすぼらし、
（中略）
わたしは矢張《やはり》ちりめんの
夜明の色の茜染、
長襦袢をば択《えら》びましよ。
重い狭霧がしつとりと
花に降るよな肌ざはり、
女に生れたしあはせも
これを著るたび思はれる。
（中略）

旅の良人も今ごろは
巴里《パリイ》の宿のまどろみに、
極楽鳥の姿する
わたしを夢に見て居るか。

（『夏より秋へ』下巻「59」）

「夜明け」の「茜」色に染められた、縮緬の長襦袢をまとう極楽鳥の姿で、遠く巴里の寛を恋う。縮緬はしぼが深く、ぬめるような光沢のある絹織物だ。その感触は、「重い狭霧がしつとりと／花に降るよな肌ざはり」である。しかも、茜は後朝《きぬぎぬ》のときを思わせる「夜明けの色」だという。美しいばかりか、妖気すら立ちのぼっているような夫恋いである。
『夏より秋へ』には、次のような歌もある。

恋《こひ》と云ふ紅《あか》き下著《したぎ》のうへに著《き》るおらんだ染《ぞめ》のもの好《ずき》の夢

『夏より秋へ』（大正三年）

明治四十五年（一九一二）の六月、「中央公論」に発表された時点では、この歌は、「**恋《こひ》と云ふ紅《あか》き上着《うはぎ》の下に著《き》るおらんだ染《ぞめ》のもの好《ず》きごころ**」であった。晶子は歌集に収めるときに改作をすることが多かったようだが、この歌では、上着と下着を逆転させている。
初出の形では、「紅《あか》き上著《うはぎ》」によって、人目をはばからない、すこしはしゃいだような、明るい恋のイメージが表わされる。それに対して、改作した歌では、「紅《あか》き下著《したぎ》」から、内に秘めた官能の匂い立つ恋がイメージされ、読者はそれをさまざまにふくらませることができる。「紅《あか》き下著《したぎ》」とは、茜色に染められた縮緬の長襦袢だろうか。改作のほうがずっと魅力的だ。けれど、上着と下着、どちらの場合も、晶子にとって、「恋《こひ》」は「紅《あか》」い着物である。さらに、「おらんだ染」の「もの好の夢」(「もの好きごころ」)というのである。

「おらんだ染」とは、ヨーロッパ風の模様染の布、いわゆる「更紗」(プリント)を指す。明治三十三年(一九〇〇)の巴里万国博覧会以来、ヨーロッパで流行したアール・ヌーボー調の更紗が日本にも多くもたらされた。同時に、日本の染織品や浮世絵などが、「ジャポニスム」として欧米に好まれたのもこの時期であった。晶子は、「おらんだ染」の持つイメージ、模様、色合い、歴史や語感などを一首のなかに取り込んで、華やかに「恋《こひ》」に彩を添えている。

ちなみに、その後、大正十年に刊行された『太陽と薔薇』に次のような歌がある。

恋のごと重ぐるしとて南蛮の紅き更紗をにくみけるかな

『太陽と薔薇』(大正十年)

この歌では、「南蛮の紅き更紗」は、憎しみの対象にされている。「おらんだ染」や「南蛮更紗」の背景には、当時の「南蛮趣味」に基づく文芸運動が大きく存在するが、それについては別の折りに触れられればと思う。

同じ一連のなかには、次のような歌もある。

自らを春の姉とも思ひなし静かに人を恋ふるこのごろ　（同）

このとき、晶子四十二歳。赤い色からも、流行の着物からも、一歩退いて、静かに人を恋う年齢にいたっていた。

4　季節感

衣更え

子らの衣皆《きぬみな》新らしく美しき皐月一日《さつきついたち》花あやめ咲く　**『佐保姫』（明治四十二年）**

この歌を「明星」に発表した明治四十一年（一九〇八）、與謝野晶子は三十歳で、二男二女の四児の母親となっていた。五月一日に、子どもたちの衣更えを暦どおりに滞りなくすませた母親の心が、花菖蒲に託されて、さわやかに詠われている。

幸田文の小説『きもの』（平成五年）には、明治の終わりから大正時代にかけての「衣更え」が、次のように描かれている。

「その時代は年中行事や季節の衣更えなどは、折目だってきちんと行われていた。ことに衣がえの日を乱すことは慎まれていた。（中略）袷は五月一日から、単衣は六月一日から。六月一杯着る単衣は、たとえば久留米絣とか銘仙とか、織糸の目の透かないものを着る。七月一日からは絽だのうすものだの、子供たちも白地の浴衣を許されて軽々する、といったきまりなのである。袷の五月一日に、まだ昨日のままの綿入れを着て学校へいけば、みんな着換えてきた中にぽつんと一人、離れ小島みたいになって、子供ながら肩身のせまい思いをした。……」

すこし前の時代まで、季節の移ろいは和服の移ろいとともにあったのである。「衣更え」の習慣は、現代の洋服においても、学校や一部の会社の制服で受け継がれ、六月には冬服から夏服へ、十月にはふたたび冬服へと着替えられる。六月一日が冷え込む梅雨寒の日であっても、冬服の上着を脱ぎ、ブラウスの腕をさすりながら登校しなければならなかった。

近年では、「移行期間」などという寛大な取り決めができて、かならずしもその月の一日に、いっせいに着替えなくともよいようだ。しかし、合理的ではあるけれど、暮らしのなかに息づいていた季節感が、ひとつずつこぼれ落ちてゆくように思われて、寂しい。

與謝野晶子が生きた和服の時代には、「衣更え」のしきたりが、一日とて違《たが》えられることなく、「折り目だってきちん」と守られていたのである。晶子の歌を支えていたのは、そのような時代なのである。

初夏

なつかしき衣《ころも》の筥《はこ》の花匂ひ百を集めし初夏のかぜ

『夢之華』（明治三十九年）

うすものを着るとき君はしら花の一重《ひとへ》の罌粟《けし》と云ひ給ふかな

『常夏』（明治四十一年）

『夢之華』は明治三十九年、『常夏』は明治四十一年に刊行されている。

一首目の歌について、逸見久美は、初夏の風に乗って漂ってくる「花匂ひ」とは、「姫君の衣裳にたきこめられたさまざまな香り」であるとし、この歌は、「王朝期の衣更えという年中行事の季節感を表した、古典を踏まえた華麗優美な晶子短歌の頂点といえよう。」（『夢之華全釈』平成六年）と解説している。

「王朝期の姫君の衣更え」という場面を設定して詠っているが、衣更えへの晶子の実感が裏打ちしているため、絵空ごとにはなっていない。晶子の衣服の歌の多くには、そうした実感の生み出す確かさが共通して貫かれているように思われる。読者は、「衣《ころも》の筥《はこ》」に着物のいっぱい詰まった葛《つづら》や行李の重さを、「花匂ひ」に一年を経て再会する香り高い着物の匂いを、近々と感じるのである。

二首目の歌について、晶子は『短歌三百講』のなかで次のように述べている。

「まだ単衣でも着苦しいとは思はない六月の末であるが、気まぐれな自分は湯上りなどに時々紫やお納戸色の羅《うすもの》を着た。恋人は自分の羅を装つた姿を何時も白い一重罌粟の花を見るやうであると云ふ。羅は痩せた自分を一層淋しく見せるのであらうか。」

七月一日から着るはずの「羅の着物」である。それを六月のうちに季節を先取りしてまとうとき、うしろめたさと、解放感を覚える。まして、湯上りの装いは他の誰のためでもない、たった一人の「恋人」に見せるためのものである。「しら花の一重の罌粟」という、美しくもさびしい形容が、羅のはかない印象と重なって読む者の胸に迫る。
羅とは、絽や紗など、盛夏に着る、薄く透ける生地のことを言う。こうした着物を着るときは、下に着た長襦袢が透けて見えることから、両者の取り合わせに心が配られる。たとえば絽の着物の下に夏草の柄の長襦袢を着て、足さばきのたびに絽目に揺れる夏草の風情を楽しむ……、といったぐあいである。けれど、この歌の場合は、羅の下は湯上りにほてる素肌だったかもしれない。

盛夏

子どものころ、長い梅雨が明けて、高い夏空が広がると決まってやってくるのが、「虫干し」の日だった。座敷の鴨居から鴨居へと長い紐が渡され、幾枚となく下げられた着物、つんとする樟脳の匂い……。簞笥の抽斗はすべて空にされ、陰干しにされた。祖母や母には重労働にちがいない土用中の一日も、私にとっては遊びの延長で、きれいな着物に袖を通してみては、いつまでも飽きなかった。

簞笥より去年のかたびらとり出づる手ざはりなどは何にたとへむ
『晶子新集』（大正六年）

「かたびら」は夏の単衣《ひとえ》の着物の総称で、素材としては麻も絹も含まれる。簞笥から、一年間眠っていた夏物の着物を次々に取り出す場面だろう。張りのある麻やなめらかな絹、糊のきいた木綿など、一枚一枚の着物の手触りがいつくしまれている。新しい季節を迎える心弾みとともに、妻としての、母としての、家族への深い愛情が伝わってくる。

この歌は、大正五年（一九一六）七月、「婦人画報」に発表されたときには、

簞笥より透綾《すきや》をいだす手ざはりを何にたとへむ何にくらべむ

「婦人画報」（大正五年七月号）

であった。初出では、「去年の」という限定がないために、単に着物を簞笥から取り出す場面のようで、「虫干し」の情景は見えてこない。また一面、「透綾《すきや》」という固有の名称を出すことで、十日町産の絹ちぢみの薄くさらっとした、いかにも夏物らしい生地の感触が、より具体的に読者に手渡されるという魅力もあった。

次の二首は、どちらも『佐保姫』（明治四十二年）に収められている。

あざやかに漣うごくしののめの水のやうなるうすものを着ぬ　『佐保姫』

夏の日もありのすさびと云ふことを知らぬやからは毛ごろもを着る　（同）

一首目の「うすもの」の着物の形容のなんと美しいことだろう。しののめの水の清新さ、漣《さざなみ》の動きから、うすものをまとった女性のしなやかな身のこなしが見えるようだ。

二首目の「ありのすさび（在りの遊び）」とは、あるがままにまかせて、ものごとの細部に頓着しない心ばえのことを言う。「夏の日もありのすさびと云ふことを知らぬやから」というと、夏の暑いさなかに何かにつけて文句ばかり並べているような気難し屋が思い浮かぶ。そんな「やから」が着るのが「毛ごろも」であるというとらえ方が個性的でおもしろい。

ここに詠われた「毛ごろも」は、二つの意味に読めると思う。

一つは「毛皮」である。この場合、「毛ごろも」の「ころも」には、「衣」のほかに「裘《かわごろも》」という字も当てられる。たとえば石原純に、欧州への留学の途上のシベリヤでの体験を詠った、

春おそきろしやのみやこは、
毛裘《けごろも》をなほ厚く被《き》て、
をみならゆくも。

石原純『靉日《あいじつ》』（大正十一年）

という歌がある。この場合の「毛裘《けごろも》」は、ロシアの女性の防寒用の毛皮のコートのことである。しかし、晶子の歌に登場する「やから」がいくら偏屈であっても、日本の夏に毛皮を着るというのは、あまりにも現実離れしている。そうなると、「毛ごろも」はもう一つの意味である「毛織物の着物」と考えるほうが自然のようだ。

永井荷風の『東京年中行事』（大正七年）には、「六月朔日……巡査官服此の日より白くなる都人多くセル、フランネルの単衣を着す。」と書かれている。

セルやフランネルなどの薄地の毛織物は盛夏の前後、いわゆる「合い」の季節に単衣の着物に用いられたものだ。荷風も書いているように、大正時代、その後、昭和にいたるまで多くの人に好まれ、広く一般に普及した。

しかし、晶子の歌の当時は、毛織物はまだ流行の走りで、生地の出来によってはトラブルもあったようだ。

冒頭にも引用した幸田文の『きもの』には、主人公の、明治三十七年（一九〇四）生まれのるつ子が小学校に上がったばかりのころ、「セル」の着物に四苦八苦する場面が描かれている。

「……その頃セルがはやりはじめで、まだ着ている人は少かった。袷には暑く、単衣にかえるにはまだ早い、という五月の日にさっとセルを着るのは、大層気持よさそうに見え、そしてまたおしゃれな贅沢とされていた。さほど高価な着物ではないのだが、袷でも間にあうし、無くてもすむ毛織物を余分に着ようとするのが、贅沢だったのである。（中略）

そして生れてはじめて、セルに手を通してみると、るつ子には意外に肌ざわりが悪かった。絹物のような柔かさはなく、木綿のようなさわやかさもなく、厚ぼったく、素直でなく、しかも毛織物のもつ嫌な匂いがあった。……」

るつ子は、このあと、我慢してセルを着続けた挙句、着物に直接触れた首筋や手首を腫らせ、毛の匂いにも中《あ》てられて、熱を出してしまう。祖母と母は「よくせき毛織ものに弱いたちだ」、

「メリンスでさえ嫌がるんだから、当り前かもしれない。セルはメリンスの親方みたいなものだから」と話し合っている。

このように、当時のセルなどの毛織物のなかには、敏感な子どもが熱を出すほどの粗悪品も混ざっていた。晶子が良からぬ印象を持って、「毛ごろも」の語を用いたこともうなずける。まして や、毛織物はあくまでも「合い着」であって、夏の盛りに着るなど、もってのほかであったろう。

晶子はこの歌で、夏という季節を背景にして、どちらも困りものの「人物」と「毛ごろも」とをうまく取り合わせている。また、「毛ごろも」という、いかにも野暮ったい、もったりとした語感も、有効に機能している。衣服に対して敏感な感覚を持った晶子にして初めて詠み得た一首と言えるのではないだろうか。

秋から冬へ

葦間より霧たちのぼり羅《ら》のたもと寒しと泣けば秋来《く》とおもふ　『佐保姫』

秋は、うすものの着物のたもとからそっと忍び寄ってくる。秋の歌には、どうしてもさびしさがつきまとう。

初秋の一重の衣涼《ひや》やかに風の通るも恋に似るかな　『青海波』（明治四十五年）

まだ袷を着る前の、単衣の着物を吹き抜けてゆく初秋の風が、「恋」に似ているという。『みだれ髪』において、若さあふれる恋心を「ここなる花の紅《くれなゐ》ぞ濃き」と詠った晶子からは、隔世の感がある。

この歌が発表されたのは明治四十四年（一九一一）八月、同じ年の二月に晶子は四女を出産する。二度目の双生児出産で、病院で分娩するのは初めてであったという。しかし、難産で、双子の一方の子どもは亡くなり、晶子は産後も再入院している。

そのようなつらい体験のあとで迎えた秋は、晶子には格別な感慨があったことだろう。単衣に通る「涼《ひや》やかな風」から思い起こされたのは、ぬくもりから遠く隔たった、記憶のなかの「恋」だったかもしれない。

やがて着ん秋の袷の思はれぬかはたれ時にしら雲飛べば　『さくら草』（大正四年）

われにさへ大徳《だいとこ》めきし綿あつき衣の着らるる冬はあさまし　『朱葉集』（大正五年）

『さくら草』は大正四年（一九一五）、『朱葉集』は翌大正五年に、続けて刊行された。

一首目の、うっすらと冷涼がきざす夕暮れどき、ひとり白雲を眺めながら思うのは、十月一日になると身に着ける袷の着物のことである。晶子も三十代後半、人生の折り返し地点を過ぎ、青春から朱夏を経て、白秋のときを迎えていた。秋と白雲と袷……、ものさびしい季節が、人生の時と重ねて詠われている。

二首目の「綿あつき衣」、つまり「綿入れ」の着物は、十月から三月の末まで用いられる。「大徳《だいとこ》（僧侶）めく」とは、かさ高な僧服を着て、大仰に見えることを言うのだろう。おしゃれな「晶子にさへ」、冬は大徳めいた綿入れの着物をまとわせ、ぼこぼこと着ぶくれさせる。「あさまし」とまで言われては「冬」には気の毒だけれど、はっきりとした意思表示が、いかにも晶子らしい。

晶子はやはり、開放感のある、うすものや単衣の着物を好んだことがよくわかる。晶子の没後に刊行された『白桜集』（昭和十七年）に、次の歌がある。

ほととぎす山に単衣を著《き》れば鳴く何を著《き》たらば君の帰らん　『白桜集』（昭和十七年）

初夏の陽射しに映える、薄色の単衣をすっきりと装った晶子が思い浮かんでくる。晶子はどのような着物をまとって、寛との再会をのちの世で果たしたのだろうか。

5　裁ち、そして縫う

和服を日常着としていた時代には、一シーズンが終わると、一家の主婦は家族全員の着物を解いて洗い、ふたたび縫い直すという手間をくり返していた。

「裁つ」ことと「縫う」ことで「裁縫」――。このいとなみは、年々、片隅に追いやられてゆく。たまに針を持っても、ボタンつけやズボンの裾上げがせいぜいで、それさえもクリーニング店に頼めばすんでしまう。

昭和四十年代の初め、私が子どものころには、明治生まれの祖母が庭に張り板を出しては、洗い張りをする光景がくり広げられていた。まして、與謝野晶子の時代には、裁ち縫いは、それぞれの家庭に毎日の暮らしのひとこまとしてあった。

裁つこと

われも人も兄に惜しみし舞ごろも藤ばな染を二の児《こ》に裁ちぬ　『毒草』（明治三十七年）

五、六人衣を裁てば初夏のにほひするなりしろたへの絹　『夢之華』（明治三十九年）

紅《あか》き絹二つに切りて分《わか》つとき恋のやうにもものの悲しき　『青海波』（明治四十五年）

晶子は明治三十五年（一九〇二）十一月に長男光《ひかる》を、三十七年七月に次男秀《しげる》を産んでいる。一首目の歌が「明星」に発表されたのは明治三十七年四月、秀の誕生の三か月ほど前のことであった。胎内にいる「二の児《こ》」が無事に生まれてきますように、という願いをこめながら、産着を用意している場面を詠っている。

当時は、生まれてくる子どもの性別はわからなかった。男の子でも、女の子でも、どちらでも着られる色として藤色はふさわしい。産後一か月のお宮参りの日には、次男秀にこの華麗な着物を着せて、産土神《うぶすながみ》に詣でたのだったか。

二首目、「初夏」の「しろたへ」といえば、「**春過ぎて夏来にけらし白妙の衣干すてふ天の香具山**」（**持統天皇**）が思い浮かぶ。「しろたへ」とはもともと、かじの木の繊維から作った織物を白く晒した布（白木綿《しらゆふ》）のことを指した。この歌の「しろたへの絹」は、「白色の絹布」というほどの意味だろう。

五、六人の人が集って、それを裁っているのは、祝いごとなど、何かの行事の準備の場かもしれない。絹を裁つとき、裁ち鋏の刃が細い繊維をこぼしながら、かすかに絹の香を立てる。それが白であれば、なおさら初夏の陽射しを跳ね、布の明るさを引き立てる。鋏を遣う女たちの心まで弾ませる。

そして、三首目で裁たれるのは「紅《あか》き絹」である。先に触れたように、晶子にとって「紅」は恋愛の象徴であった。その紅い色の絹を裁断する場面が、切ない恋の思いに重ねて詠われている。

初出の形を見ると、二、三句が「中より切りて分《わか》つ時」となっている。細かく見れば、ここでは、平らに置いた一枚の布を鋏を立てて裁っているのではないことがわかる。布の端と端を合わせて二つ折りにし、「わ」(折り山)の部分に鋏を寝かせ、片方の刃をすべりこませるようにして裁っているのだ。つまり、「二つに切りて分《わか》つ」のは、文字どおりの「真二つ」である。恋しあう一心同体の二人の仲をひと息に切り裂いてゆくように……。

この歌は「夏ごろも」という題で、「三田文學」(明治四十三年六月号)に発表されている。同じ連には、「**初夏やあひびきの夜のほのかなる月の下なる金盞花かな**」や「**君恋し四月の末のしら藤を風あららかに吹けるたそがれ**」などの歌がある。進行中の恋の場面が初夏の花々に託され、さまざまに詠われている。

裁断し、これから縫おうとしている「紅《あか》き絹」も、「あひびき」の折りにまとわれる着物かもしれない。恋には、どんなに相思相愛の恋人同士でも、かならずあてどのない不安がつきまとう。二つに切り分けてゆく布を前にして、ふと、「ものの悲しき」と感じてしまうのも、女らしい恋心と言えそうだ。

縫うこと

裁たれた布は、一針一針、着る人のことを思いながら縫い合わされてゆく。家族のために一心にものを縫う姿には、時代を越えて人の心を打つものがあるのではないだろうか。

世《ママ》（夜＝初出）をこめて小《ちひさ》き襯衣《しやつ》をぬひいでしよろこびなどもあはれなるかな　『佐保姫』（明治四十二年）

わが皐月《さつき》今年児《ことしご》のため縫ひおろす白き衣のここちよきかな　『夏より秋へ』（大正三年）

わが当《あ》つる熨斗《ひのし》の匂ひうらがなし桐の葉いたく庭に溜る日　『さくら草』（大正四年）

一首目では、夜更けまでかけて子どもの小さな「襯衣《しやつ》」（肌着）を縫いあげる、そんな母親としての喜びを、あわれであると詠う。この歌が発表された明治四十一年（一九〇八）、晶子には先の二人の男の子に続いて、双子の女の子、長女八峰《やつを》と次女七瀬《ななせ》がいた。

二首目の「今年児《ことしご》」は、欧州の旅行中に授かり、帰国後の大正二年（一九一三）四月に生まれた、四男アウギュストのことと思われる。巴里で親交を深めたアウギュスト・ロダンにちなんだ命名だったが、後に「昱《いく》」と改名した。晶子は、アウギュストにはとくに愛情を注いだようで、多くの詩歌に詠んでいる。ここでは、仕立て上げたばかりの白い産着に、「皐月」の風が通るさわやかな光景が詠われている。

三首目の「熨斗《ひのし》」とは、のちのアイロンのことで、この当時は胴体に炭を入れて使われた。「鏝《こて》」とともに裁縫には欠かせない道具であった。桐の木から大きな葉が次々に落ちて、庭の隅にかさ高く溜まってゆく。そんな庭に面した部屋で縫いものをしているのだろう。「熨斗《ひのし》」の炭の匂いが晩秋の心細さをかき立てる。

母親として

晶子は子どもたちの着物を調《ととの》える喜びを、次のように書いている。

「お正月は三十を越したわたしにも生生《いきいき》として嬉しいのです。（中略）わたしは斯うして子供に著せる正月の物を裁つてゐます。之が只今のわたしには嬉しいのです。斯んな見切物のメリンスや洗張の紡績物で馬鈴薯の表皮みたいな物を著せるのですけれど、それでも子供達は此晴著をどんなに美くしく思つてお正月を喜ぶでせう。……」（『一隅より』明治四十四年）

「メリンス」は毛織物、「紡績物」とは、くず絹を精錬した糸で織った、ごわついて、肌になじまない布である。「馬鈴薯の表皮」という比喩には、おかしみと悲しさが混じっている。そんな着物でもわが子のために……、という親心が沁みてくる。

子どもたちの父親である與謝野寛の、次のような歌も思い出される。

五人《いつたり》の子等が冬著《ふゆぎ》に縫ひ直しさもあらばあれ親は著ずとも

與謝野寛『相聞』（明治四十三年）

晶子の六女であり、大正八年（一九一九）生まれの森藤子が、興味深い回想をしている。母親としての晶子は、子どもの目にどのように映っていたのか、やや長くなるが、引用してみる。

「いつから母はミシンをかけるようになっていたのだろうか。小学校に行っている時までは、私の夏のふだん着くらいは母は自分で縫ってくれた。忙しいあいまにそんな工夫をするのも頭の転換によかったのか、レースの衿をつけるとか、ポケットだけは水玉もようのきれをつかうとか、年に何回とはないことだったけれど、するとなったら実に手早やかったものである。小学三年の頃だったか、体操服というのを各自着ること、とお達しがあって、色は何でもいい、無地のものということだった。母は私をつれて神楽坂に行くと、水色のきれを買って来て、一晩で縫上げてくれた。ところが学校に行くと殆どの子が白い体操服を着ているのである。（中略）

次の体操の日になってみると、しらないまに白いのが出来ていた。しかも裾の方に美しいピンクの波形のぬいとりまでしてあって、こんどはきれいすぎて恥しいくらいだった。そんな風に、一寸のひまに何かをしてくれた。そんなことが楽しかったのかもしれない。（中略）

堺女学校で教えこまれた早縫いは結構役に立って、大晦日の夜に、一晩で私の羽織を縫上げてくれたこともあった。編物もやれば得意で、複雑な模様があるほど面白いといっていた。ただし、こういうことはついついやり出したら手が離せない、こうしたことは、いざ必要という時に出来ればよいようにしておいて、本でも沢山読んだ方がよい、というのが娘にたいする母の考えだった。」（『みだれ髪—母與謝野晶子の全生涯を追想して』昭和四十二年）

縫いものにまつわる晶子の暮らしぶりや、子どもへの対し方がよくわかる回想である。先に掲出した歌のとおり、晶子は夜なべをしては、子どもたちのために針を運んでいた。忙しいなか、よくそれだけできたと思う。

文中に、「堺女学校で教えこまれた早縫いは結構役に立って……」とある。晶子は明治二十一年（一八八八）、十歳で尋常小学校を卒業し、大阪の堺区堺女学校（明治二十二年より堺市立女学校となる）に入学、明治二十四年、十三歳で卒業している。

「早縫い」や「早裁ち」は、裁縫で暮らしを立てるプロの技であり、通常の学校では教えないけれど、堺女学校の前身が「女紅場」というものであったことを思うと、説明がつきそうだ。

「女紅場」は、裁縫や家事などの教授所として、明治五年から二十年にかけて、全国各地に設置された。なかでも「堺県」の「女紅場」は、設置数、教授内容ともに充実していたことが、文部省の「堺県年報」（明治九年）に見られる（関口富左『女子教育における裁縫の教育史的研究』昭和五十五年）。

「女紅」とは、「女功」、「婦功」に通じる「女の手仕事」という意味の言葉で、貝原益軒の『女大学』には、「女功」とは「をりぬひ、つむぎ、すゝきあらひ又は食をとゝのふるわさを云」とある（常見育男『家庭科教育史』昭和四十七年）。

堺女学校では、そのような伝統から、とくに裁縫教育に熱心だったのだろう。十二、三歳の子どもに「早縫い」を教えていたこともうなずける。

晶子の父親は、晶子が家で裁縫をすることを嫌ったと言われるが、女学校の三年間で学んだ技術は、生涯、晶子の身に付いて、役立った。

虫のここち

冬の来し君が心の料《しろ》にとぞわれはひねもす皮衣縫ふ

『佐保姫』

この歌について、晶子は、「自分の心の裁縫師は熱を放散させない皮の服を縫ひ上げると、直ぐその後から更に厚い皮の服を縫つてゐる。それは自分の恋人の心が春でなく、秋の末から冬に入つたことを自分が感じ出したからである。」（『短歌三百講』大正五年）と述べている。

このように詠われた二人の関係は、初冬から、さらに厳冬へと至る。

霜ばしら冬ごもりして背子《せこ》が衣縫へと持てきぬしろがねの針

『春泥集』（明治四十四年）

明治四十一年（一九〇八）十一月、「明星」は百号をもって終刊となった。それ以来、晶子は、失意の底に落ち込んだ夫、與謝野寛に向き合って、苦悩の日々を過ごす。『佐保姫』（明治四十二年）に続く『春泥集』（明治四十四年）は、そんな日常のなかから生まれた歌集である。

冬の朝、地面のそこここに、黒い土を持ち上げて、霜柱が立っている。きしきしと肌を刺すような寒さが、夫の着物を縫いなさいと、「しろがねの針」を持って急き立ててくる。ここで急かされているのは、おそらく冬の綿入れだろう。こんなに寒さが深まったいまになって、針をつきつけられる虚しさ。凍りついた季節と取り返しのつかない思いが、しろじろと光る針に象徴されている。

「心の裁縫師」も、「しろがねの針」も、晶子の身ぬち深くに宿っている「裁ち縫いの心」に映し出された真実であれば、読む者の心を抉る。

『春泥集』には、さらにこのような歌もある。

秋の風針につきたる青き糸一尺ばかりひそかにうごく　**『春泥集』**

秋の風に吹かれて動いたのは、縫っている最中の針の糸ではなく、針山に休めた針から延びた糸だろう。縫う手を止めて、ふっと思いに耽る様子が浮かぶ。

前田夕暮に、「**君泣かばとおもふときに君泣かず言葉すくなに物縫ひてあり**」(『収穫』明治四十三年)という歌がある。男の思惑に反して、女は泣きもせず、語りもせずに、ものを縫う。女はものを縫いながら心を静め、また心を矯めてはものを縫ってゆくのだ。

樋口一葉が『あきあはせ』(明治二十八年)のなかで、「雨は何時《いつ》も哀れなる中に秋はまして身にしむこと多かり、更けゆくまゝに燈火《ともしび》のかげなどうら淋しく、寝られぬ夜なれば臥床《ふしど》に入らんも詮なしとて小切《こぎ》れ入れたる畳紙《たゝうがみ》とり出だし、何とはなしに針をも取られぬ、……」と書いた心情が思い出される。

秋の夜の灯《ほ》かげに一人もの縫へば小《ちひさ》き虫のここちこそすれ　『青海波』

秋の夜、一人静かにものを縫う。窓の下では秋の虫が啼き、いつか自分も「小《ちひさ》き虫」と同化してゆくようだ、と晶子は詠う。ものを縫ってゆくほどに、頼りなげな「小《ちひさ》き虫のここち」をみずからに覚える。

短い命を惜しむかのように秋の虫が啼きすだいている、と思うのは人間のかってで、虫はもとより何も思わず命の限りを啼いているのではないか。晶子がものを縫うことでたどっていたのは、「無我の境」だったのかもしれない。

6　衣服と身体

うすもの

與謝野晶子は、「うすもの」（羅）の着物に、特別な思い入れがあったようだ。先に、季節感という観点から「うすものの歌」を取りあげたが、ここでは「身体」に注目しながら読んでみる。

半身にうすくれなゐの羅《うすもの》のころもまとひて月見ると言へ　**『舞姫』（明治三十九年）**

明治三十八年（一九〇五）の「明星」十二月号に発表された、晶子二十七歳の作である。晶子は、この歌について、『短歌三百講』のなかで次のように述べている。

「自分の何処に居るかを尋ねる人が多いであらう、其等の人に自分は今この通り唯だ薄い切れ一つを纏つた半裸体で月を見て居ると云つて遣りたい。そしたらあの人達は自分の肉体の美を想像して夢中になつてしまふことであらう。」

「あの人達」という複数の男性の目を意識した、挑発的な内容である。自身の「肉体の美」に絶対の自信を持つ女性像に圧倒されてしまう。

晶子は、『短歌三百講』の「序」において、歌とは現実的な「事件」の描写ではなく、実感の象徴であるとしたうえで、「……私が自作の一首毎に述べたやうな表面の事件が其歌に現れて居るか何うかの詮索は無用です。唯だ其事件の奥にある私の実感を端的にお感じ下さい。」と書いている。

「あの人達」とは誰か、などと詮索したくなる気持を抑えて、先の一首を読んでみると、「うすくれなゐの羅《うすもの》」の着物に素肌を透かせた女性の肉体の美しさが、はじける若さとともに見えてくる。

明治三十三年に創刊した「明星」は、「新詩社清規」において、文学と美術を同等のものと位置づけ、両者の向上を謳っている。誌上では、一条成美や藤島武二など、多くの青年美術家の協力のもと、西洋美術の紹介が積極的に行なわれた。

当時の美術界は、白馬会を興した黒田清輝の絵画「湖畔」や「読書」に続き、明治三十八年には青木繁の「海の幸」、四十三年にはロダンに教えを受けた荻原守衛の彫刻「女」が発表されるなど、人間の本来的な身体美がおおらかに表現される時代を迎えていた。

晶子ものちに、「日本人の肉体美」(『愛の創作』大正十二年)のなかで、「自己の肉体」の「芸術的改造」の必要を説き、「ミケランジエロの彫刻に現れた立派な肉体」の美しさを讃えている。こうした志向は、時代の流れのせいばかりではなく、晶子のみずからの肉体に対する自信にも、裏打ちされていたと考えられる。

森鷗外の娘である森茉莉と小堀杏奴は、後年、晶子について、それぞれ次のように回想している。

「与謝野晶子は所謂美人ではないが、偉い人間だけが持っているあるものをひそめていて、二重目蓋の大きな目がことに綺麗だった。顔も体も、骨太というか大きめでがっしりしていたが、全体に漂う優雅があった。」(森茉莉「回想の女友達3与謝野晶子」、「婦人公論」昭和四十八年三月号)

晶子の写真からも、森茉莉の言う、二重目蓋の理知的な目や骨太で大柄の身体の実際が見てとれる。

「先生はいわゆる普通の女の人の外観からは遠い。(中略)先生が衣服をまとわねばならないことは、先生にとってマイナスである。衣服をまとっておられる限り、色白く、木目《きめ》飽く迄こまやかに、豊満な、柔く、たおやかな先生の女体の美は隠され、その特色を発揮出来ないからである。」(小堀杏奴「母の如き晶子先生」、『定本與謝野晶子全集』第十九巻、月報14、昭和五十五年十一月記)

與謝野晶子にとって、「衣服をまとわねばならないことは、マイナスである」という指摘は、そのとおりであっただろう。「色白く、木目《きめ》飽く迄こまやかに、豊満な、柔く、たおやかな女体の美」からは、新しい時代にふさわしい、欧米風の豊かな肉体美が想像され、「明星」の表紙を飾った一条成美の裸婦像なども思い起こされる。

そうした肉体が、晶子の「うすもの」に寄せる思いに通っている。

わが恋は夕月夜をば行くに似る素肌に着けしうすものに似る　『朱葉集』（大正五年）

母われに白き羅《うすもの》与《あた》へたる夏より知りぬ人にまさると　『火の鳥』（大正八年）

先づわれの白き衣をうつしたる鏡を賞めん夏の初めに　『草の夢』（大正十一年）

一首目では、素肌にじかに着ける「うすもの」が「恋」を象徴している。二首目によれば、その「羅《うすもの》」を初めに晶子に与えたのは、母親であったという。「白き羅《うすもの》」をまとった自分の姿が他人にまさると思った少女の日から、晶子の人生のベクトルは、やがて出会う與謝野鉄幹への恋に向かっていた。それはとりもなおさず、生涯をかける「歌」に出会うための助走でもあった。両親の意に背いて、晶子が家を出たことを思えば、その晶子に「人にまさる」と知らしめたのが母親であったことは運命の皮肉である。

三首目の歌が収められた『草の夢』は、大正十一年（一九二二）、晶子四十三歳の秋に刊行された。この前年には、「明星」（與謝野寛主宰）を復刊し、西村伊作の文化学院の創立にも関わるなど、晶子の人生の充実の時代であった。こうした背景を踏まえて、あらためて三首目の歌を読むと、「白き衣」をまとった自分の姿より鏡そのものを賞めるのは、ナルシシズムの香りとともに、自分の人生に対する一人の女性としてのゆるぎない自信が感じられる。

晶子は、「うすもの」を、精錬された女性の理想の肉体をより美しく演出するアイテムとして、審美上欠かせないものととらえていたのではないだろうか。

パリで

晶子やものに狂ふらん、
燃ゆるわが火を抱きながら
天がけり行く、西へ行く。
巴里《パリイ》の君へ逢ひに行く。

（『夏より秋へ』下巻「90」）

明治四十五年（一九一二）五月、與謝野晶子は寛の待つパリを目指して、船で敦賀からウラジオストックに向かった。

甲板の靴音きけば淋しさも俄《にはか》に恋のこころと変る

『夏より秋へ』（大正三年）

船の上やまとの女あかつきを頼りなげにも歩む甲板

（同）

晶子が草履で歩む甲板を男たちは靴音高くゆく。その音に夫の面影を重ね、恋しさを募らせるところから晶子の旅は始まった。

ウラジオストックからは陸路、シベリア鉄道でパリへ向かう。再会を果たした夫妻は、イギリス、ベルギー、ドイツ、オーストリア、オランダを旅し、大正元年（一九一二）十月、晶子は単身、新たな命を宿して帰国する。日本に七人の子供たちを残しての、約五か月間の旅であった。この旅に取材した詩歌の多くは『夏より秋へ』（大正三年）に収められている。紀行文集『巴里より』（大正三年）と併せ読むことで、ヨーロッパでの晶子の様子を知ることができる。

嬉しや、これが仏蘭西《フランス》の
雨にわたしの濡れ初《はじ》め。
軽い婦人服《ロオブ》に、きやしやな靴、
ツウルの野辺の雛罌粟《コクリコ》の
赤い小路《こみち》を君と行き。

濡れよとままよ、濡れたらば、
わたしの帽《ぼう》のチウリツプ
いつそ色をば増しませう、
増さずば捨てて代りには
野にある花を摘《つ》んで挿《さ》そ。

（『夏より秋へ』下巻「92」）

初めて洋服に身を包んだ晶子の心の弾みが伝わってくる。晶子は「婦人服《ロオブ》」を仕立てて着るにあたって、フランス人女性について興味深い観察をしている。

「……仏蘭西の婦人の姿に感服する一つは、流行を追ひながらも……自分の容色に調和した色彩や形を選んで用ひ、一概に盲従して居ない事である。……色の配合から釦《ブトン》の附け方まで全く同じだと云ふ物を一度も見たことが無い。仕立屋《タイユウル》へ行けば流行の形の見本を幾つも見せる。誂へる女は……其れを参考として更に自分の創意に成る或物を加へて自分に適した服を作らせるのである。」(『巴里より』)

このあと、晶子は生地についても言及し、「身に過ぎた華奢を欲しない倹素な性質の仏蘭西婦人」は、絹の代わりに麻、麻の代わりに綿と、「費用の掛からぬ材料」を用いていると指摘する。色彩、デザイン、素材から、小さなボタンにいたるまで、鋭い観察眼を示す。

雛罌粟《ひなげし》と矢車草とそよ風と田舎少女《いなかをとめ》のしろき紗の帽　『夏より秋へ』

しら波の沫《あわ》のやうなる真珠の輪頸《くび》に掛くれば涼風ぞ吹く　(同)

ふらんすの八月の朝涼しくも靴くくとなる石だたみかな　(同)

船待《ふなまち》の木の腰かけに鳥の毛の帽子がものをおもふ朝かな　(同)

一首目の舞台はフランス南部のツウル、二首目以降はパリである。真珠のネックレス、シャンゼリゼの石畳を踏む靴音、鳥の毛の帽子……、洋装のディテールが丁寧に描写されている。その他の国々でも、たとえば、「英国の倫敦の女」の質素なこと、「独逸の伯林《ベルリン》の女」は「随分田舎臭い」が「衛生思想」が行き渡っていることなど、晶子は細かいところにまで神経を行き届かせて、観察している。

旅行中の晶子は、和服を着ているとどこへ行っても人の目が集まるので、「芝居へ行くか、特別な人を訪問するとき」以外は洋装で過ごしたという。その「特別な人」の一人が、パリで訪ねたアウギュスト・ロダンであった。

真赤な土が照り返す
だらだら阪の二側《ふたかは》に、
アカシアの樹のつづく路。
（中略）
「MOUSIEUR RODIN《ムシユウロダン》の別荘は。」
問ふ二人より、側に立つ
KIMONO《キモノ》姿のわたしをば
不思議と見入る田舎人。

（『夏より秋へ』下巻「94」）

ロダンのアトリエへ人に道を尋ねながら向かう、道すがらの情景である。

この日の晶子は、「秋草を染めたお納戸の絽の着物に、同じ模様の薄青磁色の絽の帯」であった。季節がら、晶子の大好きな「うすもの」である。日本の秋草はパリ郊外の照り返しの強い赤土の道に配されて、いっそう繊細な風情をかもし出したことだろう。

一九〇〇年（明治三十三年）、パリ万博で川上音二郎一座が人気を博した。一座のヒロインである貞奴にちなんで売り出された「キモノ・サダヤッコ」や、室内着としての「ローブ・ジャポネーズ」などが、当地のモード誌を賑わせた。そのときから十二年が経ち、ジャポニスムの流行も峠を越していたとはいえ、晶子の「KIMONO《キモノ》姿」には、注目が集まったことだろう。

煙草のけぶり、人いきれ、
酒類の匂ひ、灯の明り、
黒と桃色、黄と青と……

あれ、はたはたと手の音が
きもの姿に帽を著た
わたしを迎へて爆ぜ裂ける。

（巴里モンマルトルの「暗殺の酒場」にて）

（『夏より秋へ』下巻「97」）

晶子は好んで、着物と帽子を組み合わせて装ったようだ。「コルセットに慣れないので、洋服を着る事」が苦痛だが、「大きな帽を着ることの出来るのは自分が久しい間の望みが達した様に嬉しい。「髪を何時でも剝き出しにする習慣がどれ丈日本の女をみすぼらしくして居るか」と、日本人の束髪にも帽子を合わせてはどうかと言っている。

敷石と並木と鳥の毛の帽子濡るる雨をば思ふ夕ぐれ　『晶子新集』（大正六年）

帰国から四年後の大正五年の歌である。晶子の回想のなかでパリを象徴するものは、敷石の続く並木道と雨、それに「鳥の毛の帽子」なのであった。

肉体と心

帰国後の晶子は、日本の女性に洋装を勧める評論活動を展開する。

晶子は、「婦人の服装」（『雑記帳』大正四年）のなかで、「……衣服の中に肉体の線を隠して仕舞ふ日本服を、反対に肉体の美に衣服を調和させ衣服を透して肉体の美——寧ろ全人格の美を発露することを主とする仏蘭西風の服装に改めたいと思ひます。」と、一九〇三年のパリ公演以来、注目を集めていた舞踏家、イサドラ・ダンカンの「古代希臘《ぎりしや》の服装」なども紹介している。イサドラは、女性の肉体を十九世紀的な古い束縛から解放しようとした舞踏家だった。

一九〇六年、ポール・ポワレがモード史上の革命である、コルセットを廃したハイ・ウエストのドレス、「ローラ・モンテス」を発表した。ポワレがその発想を得たのは、イサドラの「古代ギリシャ風チュニック」や、日本の「キモノ」からであったと言われている。

欧米の女性のすべてのドレス装にコルセットが用いられなくなったのは第一次世界大戦（一九

一四—一七）後のことであるが、晶子が滞欧中（一九一二）、コルセットを付ける苦労を味わって、その後のモードの流れを敏感に察知したことは興味深い。

晶子が「女子の洋装」（『砂に書く』大正十四年）で書いている、「肌と衣服との間に出来るだけ物を襲ねず、肌の線を現す」という新しい洋装のイメージは、「うすもの」への思いとも通じるものだ。

実際、写真に見られる帰国後の晶子は、しばしば大きな帽子をかぶり、身体に添ったゆるやかなラインのドレスをまとっている。

晶子にとって、〝衣服〟とは「肉体の美の、ひいては全人格の美の発露」であった。晶子が「うすもの」を、「洋装」を、つまりは身にまとう〝衣服〟そのものを愛したのは、何よりも肉体に表われ出る「人格の美」を愛し、尊重したからなのである。

晶子の六十三年の生涯を思うとき、少女の日に母親から与えられた「白き羅《うすもの》」が、装う心の原点として透けて見えてくる。

二　岡本かの子

1　装うということ

牡丹とダリア

昭和十四年（一九三九）二月十八日、岡本かの子が満四十九歳の生涯を閉じたとき、その死を悼み、杉浦翠子は「牡丹くづれぬ」と題して、次のような挽歌を詠んでいる（「短歌研究」昭和十四年四月号）。

君は牡丹かダリヤの花かほがらかに肉太《ししぶと》にして装ひの濃き
杉浦翠子「牡丹くづれぬ」（「短歌研究」昭和十四年十月号）

断髪の派手なる姿のまばゆさや集る人を圧《あつ》したりけり（同）

強き香よ華やぐ色の緋牡丹のくづるるときのその寂しさや（同）

牡丹やダリアに擬せられ、断髪にして肉太《ししぶと》、「装ひの濃き」と印象づけられるかの子のイメージは、私たちが写真でなじんでいる、豊満な身体に入念な厚化粧、黒々と大きな目でこちらを見据えるようなかの子像に、ぴったりである。

また、かの子自身の歌にも、かの子を象徴する花として、いかにもふさわしい、「牡丹」と「ダリア」は数多く詠われている。

袖ばかりはづかに見えてかごとなど隠れて云はん戸の陰もがな

（「スバル」明治四十二年十一月号）

大輪の牡丹のごとく束ねたるすこしあくどき黒髪にして

（同）

この長き袂絶たましつぎつぎに愁を呼ぶは汝《なれ》にかあるらん

（同）

これらの歌を含む一連は、「スバル」誌上（明治四十二年十一月号）に「大貫かの子」の筆名で発表されている。年譜によれば、岡本一平との出会いのころである。この翌年、明治四十三年（一九一〇）に、かの子は二十一歳で一平と結婚している。

一首目の「かごと」とは、恨みごとや愚痴のことを言う。とはいえ、「戸の陰」で、おそらく立ったままですむほどの話であれば、深刻な悩みとも思えない。恋の初めにありがちな、ちょっとした行き違いの寂しさ、心もとなさを、家族か、あるいは友人に聞いてもらっている、といった場面だろうか。「はづか」「隠れて」「陰」と、ひそやかな表現を重ねるほどに、かすかに見える着物の袖に若い娘らしい明るい色柄が想像されて、隠しようもない華やかさが際立つ。

二首目は、束ね髪（束髪）の比喩として、「大輪の牡丹」が登場する。しかも、たっぷりと豊かな黒髪はかの子自身の目にも、「すこしあくどき」と映る。娘時代、早熟の身体を持てあましたと言われるかの子ならではの感じ方だろう。

　このときから二十数年を経た昭和八年（一九三三）、かの子四十三歳の歌に、「**断《き》り髪を風吹きあげて屋上に停ちたるわれや耳の涼しき**」（「歌日記」『新選岡本かの子集』昭和十五年）がある。風に吹かれる軽やかな「断《き》り髪」、杉浦翠子が挽歌に詠った「断髪」のかの子がここにいる。かの子が断髪にしたのは、昭和四年から三年あまりを過ごした欧州においてであった。かつて、「大輪の牡丹」と詠った黒髪を断ち落とし、晩年のかの子はペン一本を頼りに、世間の風に対してまっすぐに顔を上げて生きることで、自分そのものを「牡丹の花」へと昇華させていったのかもしれない。

　三首目にある、「この長き袂絶たまし」とは、結婚の決意であろう。未婚女性にだけ許されていた長い袂の袖（振袖）を詰めて短くすることは、これからの人生を一人の男にゆだねることの象徴でもある。三句以降に、嫁いでゆく不安に揺れる乙女心を詠みつつも、きっぱりとした二句切れが潔い。

　結婚後のかの子は、翌年に長男太郎を出産するものの、生家の没落、一平の放蕩と生活苦、神経衰弱による入院、堀切重夫との恋愛と別れ、二人の子どもの出産と相次ぐ死……、という波瀾万丈の日々、いわゆる「魔の時代」を経験する。

そのような日々をくぐりぬけた二十代の終わりのころのかの子の歌には、たくさんのダリアが詠われる。

病みやせて君抱くべきすべもなし憎やだありあ赤赤と咲く
「病みつゝ」（「短歌雑誌」大正六年十二月号）

脱ぎもせでみとり続くる夜昼の君が袂のなえのわびしさ
（同）

だありあはいよいよ赤しわがこころ追へども去らぬ罪になやむ日
「祈禱のあとの心」（「水甕」大正七年十一月号）

今年よりわが無きあとに咲かざれなやみの色のだありあの花
「旧居を憶ひて」（「短歌雑誌」大正八年三月号）

一首目と同じ一連に、「**いとしや君みとりつかれて枕辺のだりあのかげにかりねせさすも**」という歌もあって、自身の病み衰えた肉体に較べて、豊満に咲く病床の枕もとに活けられた真っ赤なダリアが憎いと詠う。

二首目、着物を着替えることもしないで、看病に疲れきった「君」の昼夜着通しの着物の「袂」はしんなりと萎えてゆくばかりである。そういえば、袂が活用されるのは、こっそり涙を拭ったり、ハンカチや煙草などの小物を入れるときくらいで、おおむね装飾である。なにか作業をするときは、襷で括られたり、割烹着ですっぽりと覆われてしまう運命にある。まして、男手の看病である。慣れぬ身ごなしのたび、あるときはたくしあげられ、あるときは括られて、しだいにくたくたと張りをなくしてゆく袂の様子が見えるようだ。
疲れきっても看取ってくれる男への愛情を、着物の姿に重ねている。細かいところにまで歌心が届いたとも言えるだろう。「病みつゝ」と題した一連においては、憎々しいほどに赤く咲き誇るダリアとわびしく萎えてゆく袂が対照的に描き出されている。
明治の終わりごろから盛んに栽培されるようになったダリアは、多くの歌人に詠われている。たとえば、**北原白秋**は「**哀しければ君をこよなく打擲《ちやうちやく》すあまりにダリヤ紅《あか》く恨めし**」（『桐の花』大正二年）、**若山喜志子**は「**ダリヤよやよ指はなふれそあはたゞしあやふし吾れの毒薬の壺**」（『無花果』大正四年）と、いずれも、ダリアのまがまがしさを一首のなかに効果的に詠み込んでいる。
掲出歌の三首目、四首目で、赤々と咲くダリアに象徴されるのは、かの子の罪の意識であり、悩み深い心であった。それは、このような歌にも詠まれている。

ひそかにも君が衣にさゝやきぬよそのをみなをなちかづけそと
（「創作」明治四十四年二月号）

ものおもふことの苦しさ絶え間なく箒木持たなむ衣《きぬ》そゝぎなむ
（同、四月号）

博多帯緋ぢりの紐よきりきりと我がみだらなる肉をまけかし
（「早稲田文學」大正四年九月号）

よこしまの恋する我を美しき母よとねびて云ふ子かなしも
（同）

一首目では、夫に面と向かっては言えない恨みごとを夫の着物にささやく、という。そんなやり場のない心を持てあまし、二首目では、掃除や洗濯に我を忘れようとしたけなげな新妻は、やがてよこしまな恋に溺れてゆく。三首目では、罰としてわが身をいましめるものが、荒縄ならぬ「博多帯」と「緋ぢりの紐」であるという。博多帯は、この歌が九月号掲載であることを思うと、ひとえに仕立てた夏帯だろうか。こりこりと硬い博多帯はまだしも締めがいがあるが、「緋ぢりの紐」(緋色の縮緬の紐)のほうは、帯の下に締める腰紐を指すのだろうが、あまりにもやわらかく、艶に過ぎる。しかし、この取り合わせのしかたのぎこちなく落ち着かない半面、妙に心に残る粘るような感覚こそが、かの子の個性であるとも言えるだろう。

こうして見てくると、ダリアはかの子の身体をめぐる真っ赤な血を吸い上げて、緋縮緬の緋の色に咲く、罪の花、悩みの花でもあっただろうか。

岡本一平は、かの子の没後に編集した遺歌集のタイトルを、牡丹の異名である『深見草』(昭和十五年)とした。一平の跋文に、牡丹は「女史が眠前愛し、人からも擬せられた」花であったとある。また、装丁を依頼した、画家であり、着物のデザインも手がける仲田菊代には、かの子の体格に似合う着物の考案を頼みたいと思いながら、ついに実現できなかった無念さを、この本の装丁で果たしたことを記している。

かの子が抱え持っていたたくさんの「しべ」のひとつに、生涯、その独特の感性で執着した「装い」という「しべ」があった。あやまって触れたなら、すぐに洗っても二度と落ちなくなりそうな印象の「粉蕋《こしべ》」である。
その、芽生えのころにさかのぼってみたい。

命のかぎり開ききりたる牡丹花はおのが粉蕋《こしべ》にまみれつつ散る
（「蠟人形」昭和七年七月号）

お多福さんから大丸髷へ

かの子は、明治二十二年（一八八九）、神奈川県二子《ふたこ》の大地主、大貫家の長女として生まれた。自伝的小説『かやの生立』（大正八年）では、幼い主人公のかやが婆やのお常さんに白粉を真っ白に塗りたてられる様子が描かれている。「なるほどな、真白なお多福さんが出来上つたな、（中略）だがな、女の子だもの、お白粉ぐれいいはな、いいやなあ……。」白塗りの化粧は、周囲からもお嬢さんらしいほほえましい姿として肯定されている。

『新潮日本文学アルバム44岡本かの子』（平成六年）では、袂の長い着物を着て、ぽっちゃりとした丸顔に桃割れを結った、幼い「お多福さん」のかの子を見ることができる。

明治三十五年（一九〇二）、かの子は跡見女学校に入学した。すぐ上の兄の雪之助（大貫晶川）の影響で文学に魅かれ、明治三十九年、十七歳で「東京新詩社」に参加、「明星」に出詠を始めている。

與謝野晶子はかの子が十九歳のころ、初めて千駄ヶ谷の與謝野家を訪れたときのことを、次のように回想している。

「すらりと背の高い娘さんらしい方でした。（中略）私は洗濯物をしてゐまして、盥を片つけましてから主人の書斎へ入つて行きました。紅入りの友染と緑色の繻子の幅《ママ》紗帯をしておいでになつたことは今も目に残つて居りますが、お著物の柄は覚えて居りません。唯今の若い方達よりじみであつたことは云ふまでもありません。……」（「かの子さんのこと」、「文學界」昭和十四年四月号）

「紅入りの友染」といえば、樋口一葉の『たけくらべ』（明治二十九年）が思い出される。切れた下駄の鼻緒にと美登利が差し出す小裂《ぎ》れを素直にうけとれない信如。「……今ぞ淋しう見かへれば紅入り友仙の雨にぬれて紅葉の形のうるはしきが我が足ちかく散《ちり》ぼひたる、……」。幼い恋心の象徴として、一葉が用いた「紅入り友禅」、これは本絹の手描き友禅とは異なり、明治十年ごろに誕生した型染めのモスリン友禅（毛織物）のことを言う。とくに手間のかかる紅花ではなく、コチニール（貝殻虫）の紅で染められるようになって以来、安価で美しい「紅入り友禅」は若い娘の間に広く普及した。

また、かの子が締めていたという「袱(幅《ママ》)紗帯」は表と裏を別の布で仕立てられた普段帯である。平出鏗次郎の『東京風俗志』（明治三十五年）に「……片側繻子を用うること多し……近時色繻子稍々行わる」とあるように、かの子の帯の裏も色繻子であった。

晶子の回想に戻ると、かの子の装いは、娘らしい「紅入友禅」に配された色繻子の「緑」が、思いがけず地味なとりあわせとして印象深く映ったようだ。帯の裏面は、正面からは見えない。

相手が背中を向けたとき、帯結びに初めて見てとれるものである。與謝野家を辞して、ほっと緊張の糸をほどいたかの子のうしろ姿と、それを見送る十一歳年上の晶子の視線、そこには、師としての、また同性の女としての視線が感じられる。

女学生時代のかの子は、地味で、垢抜けない娘であった。のちに「青鞜」を創刊し、会員にかの子を迎えた平塚らいてうも、馬場孤蝶宅の閨秀文学講座で初めて会った女学生のかの子について、「袴のつけ方などにどこかやぼつたいものがあるので、地方の女学校出の、東京へ遊学に出てきた地主階級の娘さんという感じでした。」(「若き日のかの子」、『昭和文学全集』月報38、昭和二十九年六月)と、回想している。

かの子の第一歌集『かろきねたみ』(大正元年)には、結婚後まもない日々を詠った、次のような歌がある。

昂ぶりし心抑へて黒繻子の薄き袖口揃へても見つ　『かろきねたみ』

血の色の爪に浮くまで押へたる我が三味線の意地強き音　(同)

垢すこし付きて萎《な》へたる絹物の袷の襟こそなまめかしけれ　(同)

我が髪の元結ひもやゝゆるむらむ温《あたたか》き湯に身をひたす時　(同)

岡本一平は、かの子が二十一歳で嫁いできた新婚当時の様子を、かの子の没後、次のように懐かしんでいる。

「よせばよいのに、私はかの女に浅薄な粋《いき》や洒脱を教へた。正直なかの女はこれをまともに受容れた。むきな態度で黒襟のかかつた着物を着て、大丸髷を結つた若い御新造さんが出来上つた。／前掛だけは下品だといつてとう〳〵かの女は締め得なかつた。」（『かの子の記』昭和十七年）

かの子は、当時はまだ無名の挿絵画家であった一平のもとに嫁ぎ、黒繻子の襟に、三味線に、大丸髷……と、「むきな態度」で下町の御新造さんになりきろうと努めている。

装いのセンスを養うべき幼児期を「お多福さん」からスタートしたかの子は、新妻となっても装いの自立は果たせず、一平の好みに染められていった。そのなかで、ただ一つ、「前掛だけは下品」と自分の意志を通して拒絶したところに、のちに杉浦翠子が「君は牡丹かダリヤの花か」と詠った濃厚な個性の繚乱へと向かう、小さな、しかし確かな芽生えを見ることができるのではないだろうか。

2　布の手触り

転機

人の一生をあとからたどってみると、夢中で生きている当人にはわからないいくつかの節目が見えることがある。岡本かの子にとっては、三十四歳から三十五歳へかけて、大正十二年（一九二三）の後半から十三年のころが、一つの節目であったと言えそうだ。

かの子は大正十二年の七月から、夫一平、長男太郎と一緒に鎌倉の「平野屋」に避暑客として逗留した。ひと夏を過ごし、東京への帰り支度を始めた九月一日に、関東大震災に遭った。

束《つか》の間《ま》にかばかり惨《むご》く裂かるべき地としも知らで安居《やすゐ》せしかも　『浴身』（大正十四年）

人も家も砕かれ果てつ鎌倉やま松のみどりぞただに深けれ　（同）

ひんがしゆ陽《ひ》はのぼりけり天地《あめつち》の逆事《さかしまごと》の翌《あけ》の朝《あした》に　（同）

この夏、同じ「平野屋」に芥川龍之介も滞在していた。かの子はのちに、この夏の芥川との交流を題材にして、『鶴は病みき』（昭和十一年）という小説を書き、それが文壇デビュー作となった。それから、亡くなるまでの四年間、ものに憑かれたように小説を書き続けるのだが、小説家岡本かの子の出発は、大正十二年の夏の体験に根ざしていたのである。

桜ばないのち一ぱいに咲くからに生命《いのち》をかけてわが眺めたり　（同）

翌大正十三年の春、かの子は「中央公論」の編集長滝田樗蔭の依頼により、右の一首に始まる「桜百首」、実際には一三九首を発表した。桜の季節になると、現在でも、かならずどこかで一度は目にするなつかしい歌である。かの子の代表歌としていまも読み継がれている気迫のこもったこの一連は、のちに第三歌集『浴身』（大正十四年）に収められた。

地震《なゐ》崩れそのままなれや石崖に枝垂《しだ》れ桜は咲き枝垂れたり　（同）
日本《にっぽん》の震後のさくらいかならむ色にさくやと待ちに待ちたり　（同）
にほやかにさくら描かむと春陽《はるひ》のもとぬばたまの墨をすり流したり　（同）

「桜百首」に詠われたのは、関東大震災の翌春を彩る東京の桜である。かの子は、震災をくぐり抜けて、なおたくましく生きる「震後の桜」を、桜と一体になって全身全霊で詠いきった。制作後に実際の桜を見て嘔吐したというエピソードは、あまりにも有名である。「桜百首」を詠ったのと同じ大正十三年、かの子は痔疾を患って慶応病院へ入院した。そこで外科医の新田亀三と出会い、恋愛関係に陥ちた。新田はのちに岡本家の同居人となり、欧州旅行にも同行したばかりか、一平とともにかの子の最期を看取り、昭和十四年（一九三九）二月、かの子の亡骸が多磨墓地に埋葬されるまでをも見届けている。

このように、大正十二年の後半から十三年にかけて、三十代半ばにさしかかろうとするかの子の身の上に、人生を決定づける出来事や人との交流、作品のテーマの発端が集中して降りかかっている。年譜によれば、短歌から小説に転向しようと密かに志し、日夜猛烈な勉強を続けていた時期である。そうした土壌があってこそ、かの子はこの時期の体験の一つ一つを丹念に、あますところなく吸収し、みずからの養分として培うことができたのだろう。

では、そのころ、かの子はどのような衣服観をもっていたのだろうか。

感受性

岡本かの子は『鶴は病みき』のなかで、芥川龍之介（作中では麻川荘之介）が東京から鎌倉に到着した翌朝の様子を次のように描いている。

「今朝早くから支那更紗（そんなものがあるかないか、だが麻川氏が前々年支那へ遊んだことからの聯想である。）のやうな藍色模様の広袖浴衣を着た麻川氏が、部屋を出たり入つたりして居る。着物も帯も氏の痩軀長身にぴつたり合つてゐる。」

「麻川氏」の浴衣を「支那更紗」と呼んでみたものの、心もとなかったのだろう。括弧のなかで、急いで言い訳をするような書きぶりがいかにも率直で、かの子らしい。

「麻川氏が前々年支那へ遊んだ……」というのは、大正十年（一九二一）、芥川が大阪毎日新聞社の海外視察員として中国へ行ったことを指している。そうした予備知識を持ちつつ、おそらく日本の浴衣地とはひと味違う中国風の染め模様を見て、どこかで聞き知っていた「支那更紗」という生地の名前を思い出したのだろう。

「そんなものがあるかないか……」と書かれた「支那更紗」は、中国更紗、唐更紗とも呼ばれる模様染めの布である。「藍色模様」の浴衣地であることから、「印花(華)布」という藍の型染めの木綿布だったかもしれない。生地の名前に確信はなくとも、遠目に見た模様にシノワズリーの情緒を敏感に感じ取るところに、衣服に対するかの子の感覚の鋭さが思われる。

さらに、その浴衣の仕立てが「広袖浴衣」であったという指摘は面白い。普通の浴衣の袖は「小袖」の形で、袖口は腕が通るぶんだけ小さく開き、その下が袂になっている。それに対して、「広袖」とは袖口と袖付けが同じ寸法で、つまり幅の広い筒袖のようなものを言う。袖口が広いので風通しがよく、袂が邪魔にならないぶん、動きやすい。しかも、「氏の痩軀長身にぴつたり合つてゐる」というのだから、避暑地向きの、用と美を兼ね備えたリゾートウエアだ。

こうした浴衣をわざわざ仕立てさせて着る芥川の着物へのこだわりと、それを見抜いたかの子の目のどちらにも、たいへん鋭いものがある。

かの子は大正十二年、「女性改造」誌上に、「私の好きな夏の女の衣裳―見た眼と肌の感じ」と題して次のような一文を寄せている。

「先づお断りいたして置きます。私は呉服ものに巧者でありません――、私は呉服屋で好んで色々な布地を見ます、自分でも相当に工夫して好なもの、身に合ふものを着ます。それで居て、その各々のもの、地質や染様の固有名詞をあまり知りません。産地などはもちろん詳しくありません。（中略）しかし巧者や通で無いだけに却つて理論に渡らず趣味にとらはれず、自由な新鮮な感受性をもつて選択なし得る特長を持つとも云へませふ。」（「女性改造」大正十二年八月号）

自分の感受性に対して、なによりも自由さと新鮮さとを尊重する発言である。「地質や染様の固有名詞をあまり知りません」というあたりは、先の「支那更紗」についての「そんなものがあるかないか……」と同様の率直な言葉だ。かの子は衣服について、「巧者や通」でないからこそ、「自由な新鮮な感受性をもつて選択なし得る」と言うのである。

かの子の、衣服に対する、あるいは布地に対する、そしてその元にあるあらゆるものに対する、こうした毅然とした独自の考え方を、夫岡本一平はよく理解していた。

「かの女の服装の整へ方にもかの女の流儀があつた。自分に一つの鑑識があつてそれを標準に整へた。だから普通にいふ、これだけの値段の着物にはこれだけの帯でなければならないといふ、あの値段からの見立ては無視してゐた。（中略）かの女はいつてゐた、「わたしが着れば人は値段の事なんか離れて見て呉れます」（中略）たゞかの女は廉価の品であつてもいゝが、ニセ物擬《まが》ひ物を極端に嫌つた「すべて正途《しやうと》のものでなければ」この言葉はかの女の母親から受け継いだ言葉

だが、かの女もまたいつもいつてた言葉で、必ずしも着物ばかりに係らなかつた。」(『かの子の記』昭和十七年)

「わたしが着れば……」という自分の感受性への確信は、先に引いた「女性改造」の一文と同じである。「正途《しやうと》のもの」を愛し、「見た眼と肌の感じ」を大切にして、生涯にわたってあくまでも自分の感受性を信じたかの子であった。

黒びろふど

岡本かの子は身近な布の手触りをさまざまに詠っている。かの子の第一歌集『かろきねたみ』(大正元年)に、次の一首がある。

春の夜の暗の手ざはりぼと〳〵と黒びろふどのごとき手ざはり

『かろきねたみ』(大正元年)

「暗の手ざはり」と題する一連に収められたこの歌のあとには、「**君のみを咎《とが》め暮せしこの日頃かへりみてふと淋しくなりぬ**」や、「**いとしさと憎さとなかば相寄りしおかしき恋にうむ時もなし**」が続いている。

この当時、夫岡本一平は朝日新聞に発表したコマ絵が認められ、朝日新聞社の社員として安定した高収入を得る一方で、放蕩が高じ、かの子と生まれたばかりの太郎を顧みない日々が続いていた。「暗の手ざはり」はかの子が苦しみのなかで詠った一連である。

ビロードはベルベットとも呼ばれる光沢のある起毛織物で、黒のビロードが使われる定番といえば布団の襟であった。かの子と同じころ、**尾上柴舟**は、「**たよりなき夜の心を托しつゝ親しや夜着の襟のびろうど**《ママ》」(『日記の端より』大正二年)と、布団の襟に掛けられたビロードへの親しみを詠っている。

昭和の半ば、私の子どものころにも、まだ木綿わたの重い掛け布団や、着物のような形をした「掻《か》い巻き布団」の襟には黒いビロードが掛かっていた。いまでも、掌に冬の夜のビロードのしっとりとした感触を思い出すことができる。

かの子の歌の「黒びろふど」は、冬ではなく、「春の夜の暗」の比喩であり、しかもなめらかさからは遠い、「ぼとぼと」とした手触りであるという。かの子は、あたりが春めいてきたある晩、冬の間ずっとなじんできたビロードの襟が思いのほか傷んでいて、「ぼとぼと」とこわばってしまっていることに、急に気づいたのではないだろうか。その感触が、闇の底に沈むかの子の頑なな心に重ねられたとき、卓抜な擬態語による一首が成ったのである。

があぜ

岡本かの子は幼いころから腺病質で、とくに眼の質が弱かった。明治三十年(一八九七)、八歳のとき、角膜炎のために尋常小学校を一年間休学して以来、生涯、眼疾とのつきあいが続いたようだ。そんなことから、なじみ深い布のひとつにガーゼがあった。

山茶花のつぼみかたしも看護婦ががあぜ干しゐる初冬の庭　『青煙集』（大正九年）

看護婦の上着の白のさわやかに病む眼に冴えて朝晴れにけり　（同）

伊豆の山の秋風のなかにわが立ちて白きがあぜを眼にあてにけり

（眼を病む）『わが最終歌集』（昭和四年）

眼にあつるがあぜのひまゆ道の辺《べ》のつまくれの花ほのかに見ゆる　（同）

夜半にして病む眼に当つるあんぱふのガーゼは白く燈に冴えにつつ

「歌日記」『新選岡本かの子集』（昭和十五年）

看護婦の白衣の白さが病む眼にまぶしい。それにもまして、病む眼に当てるガーゼの白さがまぶしい。夜の燈火を反射して冴え冴えと澄むガーゼの白さは、病む者の病を跳ね返そうとする意志とともに、祈りの気持をも表わしているようだ。

また、前項で触れた「びろふど」が「天鵞絨」でも「ビロード」でもなく、「びろふど」であったように、かの子はガーゼを「があぜ」と平仮名表記にすることで、直接患部に触れる布ならではのやさしさを伝えようとしているのではないだろうか。

それと引き較べてみると、なぜ五首目の「あんぱふのガーゼ」だけが片仮名なのだろう。「あんぱふ」とは「罨法《あんぽう》」で、炎症をおさえ、充血をやわらげるために湿布で患部を覆う治療法のことである。冷やすのが「冷罨法」、温めるのが「温罨法」である。「罨法のがあぜ」とすれば意味は通りやすいが、漢字の印象が強く、治療法に重きが置かれてしまう感じがする。かといって、「あんぱふのがあぜ」ではとりとめない。

平仮名と片仮名と、ここでも自分の感受性を信じて一語一語を選んでゆくかの子の胸の鼓動が聞こえるようだ。

ねる

ネルは起毛したあたたかい織物で、正式には「フランネル」である。羊毛のほかに、綿ネルもあり、子どもの着物や肌着など、冬の日常着には欠かせない素材であった。

北原白秋は、「**片恋のわれかな身かなやはらかにネルは着れども物おもへども**」(『桐の花』大正二年)と、ネルにたくして片恋のせつなさを詠っている。また**若山喜志子**は、「**うす色のネルの衣服《きもの》を着せたればなほやはらかし丸し吾が子は**」(『無花果』大正四年)と、子どもの身体のやわらかさをネルの着物の風合いに重ねている。

岡本かの子は次のように詠った。

わが落す涙吸ひつつさりげなくねるあたたかう縫はれもて行く　**『青煙集』**

『青煙集』（大正九年）に、「逝く秋」というタイトルで収められたこの歌の初出は、大正六年の「水甕」十二月号である。間近に迫った冬の準備に追われて針を運ぶ一人の女性の、憂いの多い手もとが見えるようだ。

かの子の膝の上で縫われていたのは、子どもの着物だろうか。ぽとりぽとりと落とす涙を、〝ネル〟ではなく、「ねる」が「さりげなく」、無言で受けとめた。縫いさしの布はふわりと膝を覆って、さびしい心をあたためてくれるようだ。

「ねる」ならではのやさしい味わいを最大限に引き出した一首と言えるのではないだろうか。布へ寄せ、物へ寄せる、かの子の思いの深さが、こうした歌を生んだのである。

3　時代の個性

前節では、岡本かの子が布の「手ざはり」に愛着して詠んだ歌を取り上げたが、布そのものへのかの子の深い思いは、読み手の身体感覚をじかに刺激するように感じられる。鉛筆を握る私の掌に、「びろふど」が、「があぜ」が、「ねる」が触れているようだった。

かの子の歌ならではのこの感触はどこから生まれてくるのだろう。ほかの歌人たちの歌とどう違うのだろう。かの子と同じ時代を生きた女性歌人たちの「衣服の歌」に目を向けてみたい。

『青煙集』の歌

岡本かの子が生涯のうちに所属した短歌結社は、與謝野鉄幹の「明星」と尾上柴舟の「水甕」の二つであった。「水甕」には大正五年（一九一六）に入会し、九年までの四年間、席を置いている。

『青煙集』は「水甕」叢書の第六編として、大正九年九月、「東京水甕発行所」から刊行された。かの子を含めた女性十人の、「水甕」同人による合同歌集である。歌数は一人四十八首（一頁四首組みで十二頁）ずつで、かの子の一連「逝く秋」が巻末を飾っている。
その中には、前章で引用した「があぜ」や「ねる」の歌、「**山茶花のつぼみかたしも看護婦ががあぜ干しゐる初冬の庭**」や、「**わが落す涙吸ひつつさりげなくねるあたたかう縫はれもて行く**」のほか、「**あたらしき羽織の紐のともすれば空解けすなり初冬の夜は**」などの歌が収められている。

『青煙集』を読むと、十人の出詠者全員に、「衣服の歌」が最低一首はあることに驚かされる。現代の合同歌集ではまず起きえない現象だろう。当時の女性にとって、着物はそれだけ身近な、心を託すのにふさわしい歌材であったことが思われる。

あした疾く糊臼をひくたすきがけおのが姿のいとほしきかも　正井雪枝「島の家」

朝晴れの若葉あかるき木のかげに衣あらひつつおもふ遠人　小松原暁子「夕煙」

君を恋ふ心はげしくなりゆけばいつかもの縫ふ手をやすめ居り　水門規矩子「わが思」

一首目の「糊臼」とは、着物の洗い張りに使う糊を作るために、米（あるいは小麦）を挽く石臼をいう。ふのり（海藻から作られる衣料用の糊）が普及するまで、洗い張りは米を挽くところから始まる大仕事であった。『青煙集』の一年後に出版された三ヶ島葭子の歌集『吾木香』（大正十年）には、「**天気よくて張物さはに乾きたり布海苔《ふのり》の汁の少し余れる**」と、ふのりを用いた洗い張りの歌がある。このころが過渡期だったのだろう。昭和に入ると、それぞれの家庭で米糊を作る手間はなくなり、市販のふのりを用いるのが普通になった。

　掲出歌では、よく晴れて、いかにも気持よく着物が乾きそうな朝、襷がけでかいがいしく臼をまわす自分の姿はかわいらしいものではないか、と素直な自己愛が読者の心にストレートに届けられる。

　二首目では、新緑の朝、木陰にたらいを出して着物を洗いながら、遠くある人を思っている。洗っている着物は、かつてその人に逢ったときに着ていたものかもしれない。やさしい木漏れ陽や、それを透かす葉裏のきらめきに、ふたたび逢える日への希望が重ねられている。クリーニング店や洗濯機まかせの現代では、絶対に味わえない風情である。

　三首目は、激しい恋心を抑えかね、気がつけば、ものを縫う手を休めていたという。縫うという孤独な手仕事は、いつしか布のうちへと心の動きまでも縫いこめてゆくようだ。

　そして、次の三首には、いずれも古来なじみ深い情緒が詠われている。

わがために貧しき兄が買ひしきぬ身にまとひつつ涙こそわけ

長岡とみ子「行雲集」

母上よよき衣かふはやめたまへ心あまりにまづしき子ゆゑ

坂本禎子「灯影」

うきことになれし身なれど我が袖のぬれてつめたき今宵なるかも

勝本富子「盆絵」

一首目は、貧しい生活のなかで、若い妹には、せめて着物の一枚もあつらえてやりたいという兄の思い、二首目は、母の子に対する思いと、それを受けとめかねて懊悩する娘心。三首目は、悲しみの涙に濡れる袖……。作者にとっては切実な内容にちがいなかった。この時代をともに生きた読者はどう読んだのだろうか。

最後に、これまで引いた歌より、もうすこし踏み込んでいると思われる三首をあげてみたい。

さと肌に風のなよりぬするすると鴇絽の帯をときしつかのま　新堀亀子「銀簪」

面やつれいささか見ゆる初秋の人が着たりしうすもののいろ　橘樹千代瀬「寂しき心」

はなやかに秋日させれば膝の上紅絹目ぐるましおしやりにけり　山本茂登子「淡雪」

一首目は、夏の暑い盛りである。外出先から帰り、あざやかな鴇色の絽の帯を解いて、ほっと息をついたとき、素肌に風を感じたという。しかし、「なよる」とは、しんなりとまつわるという意味なので、さわやかな涼風ではないようだ。いかにも暑苦しそうな「鴇色」と「なよる風」から、とりたてて嘆くほどではないながら、心の底に滓のように残ってしまった一日の出来事に対する淡い齟齬の感じが彷彿する。ただ、「さと」「するする」という擬態語と、「なよる」という動詞から受ける体感温度の差がちょっと気になる。「低→高→低」と行ったり来たりするようで、読み手は一つのイメージを結びにくい。

二首目は、夏を過ぎ、秋の風が吹き始めたころである。「うすもの」のはかないイメージに、かすかに面やつれした女性の嫋々《じようじよう》とした風情が重ねられた。うすものは何色なのか、読者の想像にゆだねるべく、結句を「いろ」で詠い納めている。

三首目は、あざやかな紅である。膝の上の「紅絹《もみ》」は袱紗のようなものか、あるいは脱いだばかりの着物の裏地だろうか。秋の陽射しを浴びた紅絹に目がくらむようで思わず押しやった、という場面から、いったんは華やかなものを引き寄せながらも、やはり拒みたいという屈折した心理がうかがえる。

『青煙集』の出版から二か月後の「水甕」（大正九年十一月号）誌上に、岡野直七郎による「『青煙集』批評」が三頁にわたって載っている。岡野は前田夕暮の「詩歌」から「水甕」に移った人で、このときから五年後の大正十五年（一九二六）に「蒼穹」を創刊する。「『青煙集』批評」を書いた時期は「水甕」の編集に携っていた。

所属誌内の批評であることから、出版を祝う色合いが濃いものかと思ったが、まったく違う、歯に衣着せぬ厳しい批評である。興味深い内容なので、引用した最後の三人に対する批評をすこし紹介してみたい。

「さと肌に……」の歌の新堀亀子には、「氏の歌は頭で作られて居る。……いかなるものも真実以上に彩色し修飾することによつて自己の満足を得て居る」と手厳しい。この指摘にそって、改めて掲出歌を見れば、鴇絽の帯を解いている情景も観念のなかで作られた一場面ということになるだろうか。

続く「面やつれ……」の橘樹千代瀬に対しては、「人生は寂しいものといふ前提」から離れ、「もつと奔放に、もつと余韻あるやうに」詠ってほしいと言う。「おもやつれ、初秋、うすもの」というイメージの連環は、ステレオタイプだと言っているのかもしれない。

そうしたなかで、「はなやかに秋日させれば……」の山本茂登子は、表現方法がまだ完璧ではないとしながらも、「氏の心の種々相は自由な言葉の歌となつて表はれて居る。私は、ともすれば瞑想に陥り同一の型にはまりたがる女流の歌のなかに氏の歌を見ることを喜ばしく思ふ。」と評価が高い。掲出歌においても、「紅絹」を題材にした個性的な心理描写が光っている。

「紅絹」は歌心を刺激するものらしく、多くの歌人に詠われている。岡本かの子にも何首か「紅絹」の歌がある。たとえば『愛のなやみ』（大正七年）の「冬のこころ」という一連のなかに、次のような歌がある。

やうやくに肌のぬくみの溶けて行く紅絹《もみ》の寝衣の裏ぞなつかし

『愛のなやみ』（大正七年）

ぜいたくな絹の寝衣で、裏地は鮮やかな「紅絹」である。絹は、スカーフでも、身にまとった当座はひんやりと冷たいが、人肌になじんだあとの温かさは格別のものだ。一首は、紅絹裏の寝衣につつまれた若い女性のやわらかな身体や体温まで想像させられる。

こうして改めてかの子の歌を読んでみると、その魅力はやはり濃厚だ。続いて、『青煙集』におけるかの子の歌を読んでみる。

空どけ

あたらしき羽織の紐のともすれば空解けすなり初冬の夜は　岡本かの子「逝く秋」


一連では、郷里の母親を悼む歌をまじえて、主にみずからの闘病生活を詠っている。掲出歌のすこし前には、「**さびしさをまた口笛にまぎらして君かへり来ぬたそがれの門**」が、すぐあとには、「**やや癒えしこころ安さにたちいづる医師が門の霜どけの道**」が続く。

病気から立ち直って、ようやく力のついてきたころだろう。初冬のある日、思い立って新しい羽織を着てみたところ、夜になって、気づいてみれば知らぬ間に紐がほどけかけていたという。羽織の紐は絹の組紐でできていて、締め慣れるまでのしばらくの間は、きつく結んでおいてもゆるんでしまうことがある。空気が乾燥している季節はなおさらのことで、「初冬」という場面設定が生きている。また、「ともすれば」という語から、「そうそう、新しい羽織の紐ってこうだったわ」と苦笑しているような気分も伝わってくる。

それにしても、「空どけ」という言葉はたいへん魅力的だ。単にほどけるのでも、ゆるむのでもない。「空」という語を冠することで、紐を結んだ人間の、うつろな、とりとめのない心のありさままでをも包み込むように、言葉の世界を豊かに広げている。

「逝く秋」一連の掉尾は次の歌である。

つひにわが永遠《とは》のこころを託すべき恋にも遇はでまた逝くよ秋　（同）

この最後の一首を詠うために、それまでの四十七首があったのかもしれない。人の妻であり、母でありながら、この手放しの詠いぶりはいっそ痛快とも言える。「空どけ」の心を抱いていたのは、羽織の紐ならぬ、かの子自身だったのかもしれない。

かの子には、もう一首、「空どけ」の出てくる、心を打つ歌がある。

ともすれば空どけのする黒繻子の帯もどかしやみごもれる春　（「青鞜」大正二年四月号）

これは「暮春」一連の一首目で、このあとに、「**なやましくうらはづかしくなつかしくみごもれる身に若葉かほりぬ**」といった歌が続いている。尾崎左永子氏は『かの子歌の子』（平成九年）のなかで、かの子がこのとき宿しているのは早稲田大学の学生堀切茂雄の子どもであること、その後、堀切は結核で世を去り、子どもも亡くなったことを言ったうえで、「妊娠という生身の素材をこうれいれいしく歌われてしまうと、何となく、身も蓋もない、という気がしてしまう。……見ようによっては無恥厚顔にみえてしまう。」と述べている。

一連から受ける印象は尾崎氏の言われるとおりだろう。しかし、前後を離れてこの一首と向き合ってみると、妊婦の春の愁いを、身をもてあましているような「空どけの帯」で受けるセンスは、かの子ならではのものと言えるのではないだろうか。

肌のぬくみ

ここまで、『青煙集』をテキストとして、「衣服の歌」を読んできた。

岡本かの子以外の九人の歌人たちは、日常を着物とともに生きていた時代の女性らしく、洗い張り、洗濯、裁縫といった手仕事に、あるいは着物そのものに心情を託す詠いぶりである。彼女たちの歌には、現在の私たちが失ってしまった着物にまつわる生活感が息づいていて、思わず惹きこまれる。

しかし、それらの歌を読んで覚える楽しさは、作者の個性によるものではなく、時代の個性によるものであり、風俗詠を読むような楽しさであった。かの子を除く九人の歌人たちの詠う衣服と素肌の間には常識的な空間があり、そこには、わずかなりとも空気が流れ、外界とつながっているのである。

一方、岡野直七郎はかの子の歌について、「如何なる事柄を歌つても自由に歌ひこなす力は流石に氏である。……ただ実感直露のあまり、読者は他人の或る尊いものに触れたやうな不安を感ずる。そこに氏の個性があると共に、その個性は厳粛な鋭さを持つてをり総ての人には容れられないものではないかと思はれる。」と述べている。

かの子においては、「やうやくに肌のぬくみの溶け」て、衣服と自分とが境目なく渾然一体となったときに、一首が初めて成るのである。衣服と素肌の間にひとすじの空気の入り込む余地もないほど、衣服にひったりと肌を寄せて詠うかの子である。かの子の詠う「衣服の歌」には、かの子の「肌のぬくみ」が宿っている。

4　苦手な裁縫

古典全集と布地と糸

岡本かの子の第一歌集『かろきねたみ』（大正元年）の歌集名は、次の一首から取られている。

ともすればかろきねたみのきざし来る日かなかなしくものなど縫はん

『かろきねたみ』（大正元年）

嫉妬で悶々としている、というほどではないが、ふとした心のすきまに「かろきねたみ」がきざす。それを忘れるために縫いものでもしよう、という女心がいとおしい。百年の時を越えて、現代の私たちにも共感できる一首である。「ものを縫う」ことへのかの子の心の寄せ方が思われる。

かの子の第二歌集『愛のなやみ』（大正七年）に、「針の手」と題された一連がある。

いつの間にかふと針の手を忘れしや忘れて何をおもひ居し我ぞ
『愛のなやみ』（大正七年）
山茶花のうらさびしげにつゝましく咲けるよ今日はわれも針持つ
（同）
いとせめて目にあえかなる布刺さば少しなぐさむわが淋しさか
（同）

一首目、「いつの間にかふと針の手を忘れ」ているようでは、針仕事に身が入っているとは思えない。むしろ、もの思いにふける手段として針を持っているようだ。二首目の結句からは、日ごろは持ちつけない針を「今日は持つ」というニュアンスが伝わってくる。三首目の「布刺さば」は、着物を縫うことではなく、「刺し繡《ぬ》い」、いわゆる刺繡だろう。「目にあえかなる布」といえば、やわらかなパステルカラーが思い浮かぶ。やさしい地色の布に色糸を刺してゆけば、この淋しさを慰めることができるだろうか、とかの子は詠う。

こうした思いは、続く次のような歌、「**わが指の針もいつしかしくしくと泣くかとぞおもふ胸のいたけれ**」や、「**恋しさも悲しさもまたあきらめてもつれし糸をしばしほぐすも**」などからも読みとることができる。

かの子と刺繡については、「婦女界」大正十五年十一月号に、「五夫人の買物競争」という興味深い記事を見ることができる。各界で活躍する、山田わか・柳原燁子・久米艶子・長谷川時雨・岡本かの子の五人の婦人が、金三十円で自由に買物をして優劣を競い合うという企画である。大卒者の初任給が五十円の当時、三十円は大金であった。

山田わかは自分の便利と来客のために「電気ストーヴとスリッパと魔法飯櫃《まほうめしびつ》」を、柳原燁子は可愛い子供に「洋服と靴」を、久米艶子は家庭に必要な「救急箱一式」を、長谷川時雨は必要と趣味の満足を得るために「イタリア製手さげと紅雀と巣函」を購入している。いずれも、いかにも婦人雑誌の読者に喜ばれそうな実用品や、女心をくすぐる美しい品々である。

そのなかで、米国より帰国して、婦人運動家として活躍する山田わかの選んだ「魔法飯櫃」は金七円。外側はコルクで、内側はアルミ製、魔法ビンと同じ理屈を応用したもので、炊きたての熱さが五時間は保てるという最新のキッチン用品である。

また、久米艶子が、「行きつけの銀座のブレッド・ファーマシー」に出向いて、薬箱に始まり、胃薬、下剤、頭痛薬などから綿棒やガーゼまで、三十円分の救急セットを揃えたのもユニークだ。

それぞれの婦人の個性とともに、大正末年という時代の空気が感じられて楽しい。

そうしたなかで、かの子が選んだのは「古典全集と布地《きれ》と糸」であった。初めに與謝野寛・正宗敦夫・與謝野晶子編の『日本古典全集』全五十冊（二十五円）をあげ、婦人雑誌誌上の買物の例としては非実用的に感じるかもしれないが、古典は現代文化の母胎であり、それを味読しつつ異国の文化風俗を学ぶ姿勢が大切である、と説いている。買物の理由を述べる約百行のうちのほとんどを『日本古典全集』の解説に費したあと、最後の五行で触れているのが刺繍の材料についてである。

「残り五円は伊藤松坂屋でポプリンの薄いローズ色を六ヤールほど、すこしのこつたお金でフランス刺繍の糸をすこし、これは一寸した刺繍をして五つばかりのクッシヨンにするつもりです。」

「ポプリンの薄いローズ色」からは、先に引用した「針の手」の歌の「いとせめて目にあえかなる布」が思い出される。同じ一連の「**糸くづをそろへても見つ三筋ほど紅きをなかに数へなどして**」の一首も、六本ずつの糸が引き揃えられた甘撚りのフランス刺繍の糸のイメージを重ねて読むことができるだろう。

金三十円の買物競争で、『日本古典全集』を主に選んだことは、まさにかの子らしい選択である。同時に、残りのお金で「刺繍の材料」を選ぶのも、かの子らしいと言えるのではないだろうか。全力で文学に向き合いながら、ほっと肩の力を抜く時間に針を持ち、布を刺す。そんなかの子の暮らしぶりがかいま見えるようだ。こうした習慣は晩年まで続いたようで、昭和十二年（一九三七）のかの子に、次のような歌がある。

縫ひさせるくつしよんの繍《ぬ》ひ牡丹花の色さへぞ沁むいたむこころに

「歌日記」『新選岡本かの子集』（昭和十五年）

針への愛着

岡本一平はかの子との結婚が決まったとき、かの子の母親から「この子はあなたに着物としては、風呂敷に穴を開けて冠せるかも知れませんよ。だが福を持つて行く子ですよ」（『かの子の記』

昭和十七年）と言われた。この母は、かの子の性質が非世間的であることを不憫に思い、琴の師匠として一生独身で暮らせるようにと、かの子に山田流の琴の師範の免状を取らせていた。一平は「かの女に対し深いところを観てゐた母であつた」と回想している。

かの子は母の没後、次のように詠っている。

美しく君を待てよと袂など揃へ賜ひし母なりしかな

母君よなどておはさぬ都より美しうして娘《こ》のかへれるに

『愛のなやみ』（同）

悩み多い日々にあっても常に美しくあれと教え、かの子の膝の上に長い袂をやさしく揃えてくれる母であった。それにしても、これから自分の娘の夫になろうという人に、「この子は……風呂敷に穴を開けて冠せるかも知れませんよ」とは、大胆な発言である。

かの子が裁縫を苦手としたことについては、岩崎呉夫も『芸術餓鬼岡本かの子伝』（昭和三十七年）のなかで、跡見女学校時代のエピソードを次のように記している。かの子は明治三十四年（一九〇一）に高等小学校を卒業し、翌年、選抜試験を受けて、十四歳で跡見女学校に入学した。漢文や英語では友達を助けていたものの、裁縫の時間には、むずかしい褄の形を作るときなど、「寄つてたかつてお友達が先生よりもずつと親切に教えて呉れ」た。苦手なものは苦手と割り切って友達の助けにまかせ、おおどかに構えるかの子が見えるようだ。

かの子は結婚前に「大貫かの子」の筆名で、次のような歌を詠んでいる。

紅絹《もみ》のきれ血の色によく似たるをば我手の上の針はよろこぶ

（「スバル」明治四十三年一月号）

三つばかり春のころもを縫ひ出でぬうつらうつらと君思ひつつ

（同）

よく知られるとおり、かの子は十代から数々の恋愛を経験している。年譜と合わせてみると、この歌のころは小説家志望の青年、伏屋武竜との恋愛の時期にあたっている。二人は結婚を望むものの、両家の親の反対に遇い、この年（明治四十三年）の春、一か月に及ぶ駆け落ち事件を起こした末に別れることとなった。ちなみに岡本一平との出会いは同じ年の夏であり、翌年には一平と結婚している。

一首目の「紅絹《もみ》」とは、多く未婚女性の袷のきものの胴裏に用いられる紅色の絹である。着てしまえば見えない裏に紅の色を忍ばせるというのは、和服ならではの発想だろう。その紅絹を「血の色によく似たる」ととらえ、「我手の上の針」は喜んで縫い目を進めてゆくという。結婚を意識した乙女心というよりは、「我手の上の針」に象徴される男という性に、女としての生命力をもって、全身を投げ出して挑みかかろうとするかのようだ。

この歌の前には、「**美しく斬られんとして怠らず年頃われは身を清め居り**」「**不覚にも我は立つなりとこしへに開かずと云ふ黒き扉の前**」があり、すぐあとには「**わが死をばよろこびながらつくり泣く可笑しき人を棺《ひつぎ》より見む**」などの歌がある。

人を愛し、愛される、その関係をつきつめた先には「死」があるという、一途な恋愛観が読者に突きつけられる。娘の処女性、つまり生命の力と死の意識とが重ねられて、なんとも思い切った詠みぶりに思われる。

この歌から思い出されるのは、かの子の小説『過去世』（昭和十二年）で、没落して行く旧家の弟が、兄に女性の前で着物の綻びを繕うことを強要する場面である。兄はいったんは拒むものの、心を決めると、針先に髪の油をつけて、物馴れた調子で縫い始める。針を持つ男の倒錯した美しさが、最後には心中してしまう兄弟の歪んだ愛の象徴として描かれている。愛が死へと向かうとき、その間に針が配されるのは歌と共通の構図である。

二首目は、おっとりとした詠いぶりである。「三つ」という数字の若やいだ美しさ、「春のころも」のおぼろなイメージ、「縫ふ」という行為に象徴される人を恋う心、それらがあいまって、「三つばかり春のころもを縫ひ出でぬ」が、「うつらうつらと君思ひつつ」という下句を導き出すための序詞《じょことば》のような働きをしている。若い女性のたおやかな恋心が読者にしっかりと手渡される反面、三枚の春着を縫ったという実感には薄い一首である。

先に紹介したエピソードにもあるように、独身時代のかの子は実際にものを縫うことは苦手だった。しかし、裁ち縫いへの、また針への愛着にはなみなみならぬものがあり、あるときは温かな母の愛を、あるときは死をも見据えた激しい愛を託す歌材として、重要な役割を果たしている。

「気持の純粋さ」

『愛のなやみ』（大正七年）のなかの一連、「針の手」には、先に触れた刺繡の歌のほかに、きものを縫う歌も含まれている。
あふれ来る涙おさへつとどめつゝ実にこの衣も幾夜縫ふらん　『愛のなやみ』
あまりにも思ひなげなや新らしき襟ぞ揃ひぬこころ憎けれ　（同）

刺繡に関しては、いかにも手なぐさみといった風情だったが、きものを縫うのは真剣であり、苦戦している。まして、悲しみの涙をおさえながらの裁縫では、はかどるはずもない。

一首目では、いったい幾夜かけたら一枚のきものが縫い上がるものか、と嘆いている。二首目の「新しき襟ぞ揃ひぬ」とは、襟付けがきれいに完成した場面だろう。「あまりにも思ひなげなや」や「こころ憎けれ」という表現からは、ふだんはなかなか上手にできないものが、今回は我ながら上出来だわ、という素直な喜びが伝わってくる。

夫の一平の放蕩時代には、自分のきものを解いて、幼い太郎のきものに仕立てていたというかの子である。結婚後の縫いものの歌には、独身時代とは異なる現実感が色濃く張りついている。

かの子がこの世を去ってから三十九日目に、一平はかの子の手縫いの丹前について、「愛憐の絆といふものはらちもないものだ。かの女が不器用に縫つて呉れた、丹前の袖口の裏の異様なはみ出し方一つに、却つて僕の残生を引当てにする値打ちがあるのだ。」（『かの子の記』昭和十七年）と書いている。

この不出来な丹前は、かの子のきものを仕立て直したもので、「お客さまのとき着るんですよ」「笑つちや駄目よ。見ないで着るのよ」と言って一平に着せたという。ほほえましい光景だが、こうしたかの子についての一平の、次のような解釈には胸を打たれる。すこし長くなるが、引いておく。

「その稚拙を敢てしてまで、忙しい執筆の間にこんな縫ひものをして呉れるのには、必ず気持の上の必然性があつた。ふと僕に対する哀切の情が迫つて来たときとか、母性の慈しみが押へ兼ねたときとか、かの女は筆を投げ捨て、思ひ付いた布地を取つて来て、全速力で裁つて縫つた。とても早かつた。「えーえ、悪かつたら、あとで縫ひ直して上げますよ」かの女はさうはいふが、つひぞ縫ひ直したことはなかつた。たとへその物は不様でも、その不様に連れ立つてゐるそのときの気持の純粋さを、かの女は縫ひ直したくはなかつたのだ。（中略）かの女に取つて一枚の急いだ手縫ひの着物は、一章の詩歌、一篇の小説に等しかつた。少くともそのモチーフと愛惜に於ては。」

かの子は苦手な裁縫がけっして嫌いではなかった。それは一平のために全速力で丹前を縫う姿からも、折りに触れて針を持ち、刺繡をし、きものを縫う姿からも窺うことができる。

岡本太郎の「父母追想」（『母の手紙』昭和二十五年）によれば、昭和二十三年（一九四八）に一平が六十三歳で急逝したとき、「母が生前不手際に縫って父に着せた浴衣、(父が絵を描き、母の字が染め付けられてあり、浴衣地として一般に売り出されていた。)」を故人に着せて荼毘《だび》に付したという。生前の希望をかなえたものとはいえ、一平が再婚して四児をもうけていたことを思えば、それをあえて実現させるだけの故人の意志の強さと、かの子の手縫いのきものにこめられた情念の深さに驚かされる。

かの子にとって、ものを縫うこと、針を持つことの本当は、あわただしい日々のなかで、「気持の純粋さ」を取り戻すことであったのだろうか。かの子の裁ち縫いの歌からは、そのときどきの心の叫びのような、純粋な淋しさ、純粋な悩み、純粋なあきらめを、そして純粋な愛を、読みとることができる。

5　履物に寄せる心

下駄

岡本かの子は、足袋や下駄、ぽっくり、草履、靴といった履物に目を凝らし、鼻緒の締まり具合や下駄の歯の感触に心を動かし、靴音に耳を澄ませて詠った。たとえばこんな歌がある。

何となく憤ろしや下駄の歯に触れて音する小き石すら

（「スバル」明治四十五年三月号）

下駄の歯が小石を踏んで、きしりと音を立てたとき、思わず歩調が狂ったのだろう。背筋がぞくっとするような不快感だ。貝の身を食べていて、突然、砂を嚙む感じに似ているかもしれない。

ふつうは、一瞬、やれやれと思うばかりで、すぐに忘れるのだが、かの子においては、これも一首になってしまう。「何となく憤ろしや」という導入からいったい何が詠われるのかと思えば、下駄の歯に嚙んだ石である。しかも、「石」に「すら」をつけることで、この小さな出来事はひとつの象徴であって、この日ごろ、いくつもの「憤ろしい」思いが重なっていることをも読者に想わせる。

この歌のあとには、「**我がまへに捨てしをんなの数よみてよろこばれむとするは浅まし**」や、「**我心またかく閉ぢてしばし寝むなどおもひつつ夜の窓を閉づ**」などの歌が続く。かの子二十四歳の春である。

年譜によれば、この前年に長男太郎をもうけるものの、夫一平の仕事は定まらず、かの子には早稲田大学の学生堀切茂雄との恋愛が始まるなど、家庭内は多難な時期であった。かの子の鬱屈した気持が伝わってくる。

緒の切れし下駄たゞひとつたそがれの軒にのこりて花散りかゝる

『愛のなやみ』（大正七年）

足にややかたき鼻緒の水色を見つめつゝ待つたそがれの門

（同）

下駄を詠った二首をあげてみたが、どちらも心に響いてくる。

一首目では、左右揃ってこそ活きる下駄が、片方だけ、しかも鼻緒が切れた姿で、たそがれの軒下に捨てられている。そこに桜の花びらが散りかかる情景は、やや出来すぎかもしれない。しかし、人の助けとなって命を全うした哀れなモノの最期に、せめて花を添えようという、かの子のあたたかい心が読める。

二首目では、暮れてゆく門にたたずんで、ひたすらに人を待つ一人の女の姿が見えてくる。おそらく初めのうちは顔を上げて、その人が歩いて来るはずの道の先を見つめていたのだろう。しかし、待つ人はなかなか現われず、道ばかりを見つめていることがしだいにつらくなる。そうなると、視線を足もとに落とすほか術はない。暮れてゆくうす闇のなかに、「鼻緒の水色」がくっきりと浮かび上がってくる。

女は足もとから年をとる。たとえ年齢よりも若やいだ色柄の着物をまとったとしても、履物ばかりはいつまでも娘のような赤い鼻緒の下駄を履けば野暮になるばかりだ。女は、暖色から寒色へと鼻緒の色を変えて、年齢を重ねてゆく。

この歌では、「水色」の清新さが際立っている。若い娘には太刀打ちできない女の華やぎが香るようだ。「足にややかたき」とは、おそらくこの日のために新調した鼻緒だろう。丁寧に描き出されるディテールの一つ一つから、人を待つ、一途な心が彷彿する。

いずれの歌も、「下駄」という誰にも身近な歌材に誘われて、読者は思わず、かの子の世界に引き込まれてゆく。

ぽっくりと薄歯下駄

永井荷風の随筆『日和下駄』は、大正三年（一九一四）の夏から約一年間、「三田文學」に連載された。嘉永版の江戸切絵図を懐にした荷風が、蝙蝠傘を杖に日和下駄を履いて東京市中を歩き、失われてゆく江戸の詩情を綴った。

「日和下駄」とは、雨の日に履く「足駄」よりは丈の低い差し歯の下駄で、不意の雨はもちろん、冬の霜解け道にも、溝《どぶ》の水を撒いた泥濘《ぬかるみ》にも困らない、すぐれものであったという。現在では、さしずめ撥水加工のほどこされたウォーキングシューズというところだろうか。

荷風は、「此頃私が日和下駄をカラカラ鳴らして再び市中の散歩を試み初めたのは無論江戸軽文学の感化である事を拒まない。……」と書いている。欧米での五年にわたる遊学経験をもつ荷風が、機能的な洋装と靴を排して、あえて江戸情緒あふれる日和下駄を履くのである。

「足もとを固める」という言葉もあるが、履物を基点にみずからのスタイルを定め、それを一集のタイトルとする。私はこの流儀で行くよ、とさらりと示すその姿勢の、なんと粋なことだろう。しかし、現代の私たちに、日和下駄で路地をゆく本当の感覚は、どこまで理解できるのだろうか。こうした疑問は、かの子の歌を読むときにもつきまとう。

平出鏗次郎の『東京風俗志』（明治三十五年）中の「容儀服飾・履物」の項を見ると、「靴」については十九種類、「下駄・草履」については三十九種類が、絵入りで解説されていて、当時の履物の多彩さに驚かされる。

三十九種類のなかには、もちろん日和下駄もある。ひと口に日和下駄と言っても、角形、丸形、つま切り、といった種類があり、表に畳をつけたものを「吾妻下駄」と言って、これは女性専用であったらしい。

また、意外なのは、下駄の仲間として「ぽっくり」が普及していたことだ。現代では、「ぽっくり」というと、祇園の舞妓さんや七五三の三歳の女の子が履くものというイメージだが、『東京風俗志』には、「少女から新造」まで好んで履くものと記されている。かの子にも、第二歌集『愛のなやみ』（大正七年）にぽっくりの歌がある。

黒ぬりのかろき木履のひゞきにもほろ〳〵と散る山吹の花

『愛のなやみ』

しみ〳〵とわが家の土間をふみにけりすりゆがめたる旅の木履《ぼくり》に

（同）

これらの歌の初出を見ると、一首目が大正二年（一九一三）、二首目が大正六年（一九一七）で、二十四歳と二十八歳当時の歌であり、これ以後、かの子の歌にぽっくりは登場しない。かの子にとっては、二十代の終わりがぽっくりの履き納めであったようだ。

また、日和下駄の丈をさらに低く、履きやすくした「薄歯下駄」もかの子に詠われている。

町絵師の妻が穿きたる薄歯下駄町を歩めばさわ《ママ》やかにひびく

（「婦人倶楽部」大正十一年二月号）

薄歯下駄われさへに踏む心地せず人波に揺られ銀座をただよふ

（「新小説」大正十四年十月号）

一首目は「町絵師の妻」と題された、一連七首の最後の一首である。このころの岡本一平は、「町絵師」からはとうに脱しており、「婦女界」社の接待で、同年の三月から世界漫遊の旅に出ようという、漫画家として順風満帆の時期であった。

この歌の前には、**「町絵師とあざけられたるくちをしさ子はあらはにも泣きて訴ふる」**という歌がある。かと思えば、**「町絵師の妻の前がみ高からず高からねども春風ゆるやか」**という歌もあるので、かならずしも悲嘆にくれているばかりではないが、一平が漫画家として大成する前、太郎を産んでまもないころの境遇を思い出しつつ、やや自虐的に詠ったものと言えるだろう。一平の好みに従って、黒襟に大丸髷という下町の新造風に装っていたかの子に、「薄歯下駄」の風情はたいへんふさわしい。

二首目は、心ここにない様子で銀座をそぞろゆく姿である。人波に揺られる足もとに配された「薄歯下駄」が、「ただよふ」心をよく表わしている。のちの「歌日記」(『新選岡本かの子集』昭和十五年)には、

今宵はく草履薄くして銀座街鋪道の冷えは蹠《あしうら》に沁む
「歌日記」『新選岡本かの子集』(**昭和十五年**)

と、「薄歯下駄」を「薄い草履」に履きかえて冷え冷えと銀座をゆくかの子がいる。かの子には銀座の歌が多いが、華やかなはずの銀座にいつも一抹の淋しさが漂っている。

磨り減ったぽっくり、たよりなげな薄歯下駄、舗道の冷えを伝える草履の薄さ……。かの子の描く履物は、時に応じて、履く人の心の光と影を豊かに表わしてゆく。かの子の草履箱のなかには、どれだけの履物が揃えられていたのだろう。

もう何年も前になるが、私は川崎市の「岡本太郎美術館」で、かの子が履いた靴を見たことがある。デザインは忘れてしまったが、思いのほかほっそりとした小さな靴だったことが、心に残っている。

春の野を踏む

下駄の歯の土を落せばふみて来しきさらぎの野の雪も交れり

(「珊瑚礁」大正七年四月号)


いかにも日常にありそうな光景だ。外出先から帰ってきた上がりがまちで、下駄の歯についた土をとんとんと落とす。そこに雪も交じっていたという。それだけの内容だが、踏んで来たのは、単に道路の雪ではない。「きさらぎの野の雪」である。こう表現されることで、読者はかの子が踏みしめてきた野に思いをはせる。

うっすらと雪をかぶった大地は、陽の当たるところから順に土の色を見せてゆく。枯草の下には、ところどころ、芽吹きの準備も見られたかもしれない。やがて、雪は融け、春の野はいっせいに若い緑におおわれる。
次の歌は、「芽ぐむ野」と題された一連のなかの一首である。

昼静なる独りありきの下駄の歯の響《ひびき》はひびく野の遠方《をち》までも

『わが最終歌集』（昭和四年）

かの子が野を行くとき、そこには特別の思いが萌すようだ。かの子は明治二十二年（一八八九）三月一日、神奈川県二子の大地主大貫家の長女として生まれている。しかし、実際の出生地は東京青山の別邸であり、三年後の明治二十五年に妹キンが生まれると、両親とともに横浜の別邸に移り住んでいる。さらに、明治二十七年の春からは、腺病質の身体を郊外の自然のなかで養うために、両親と離れ、伯父の住む二子の本邸に暮らすことになった。

かの子の無垢な心身は、武蔵野の豊かな自然に育まれ、多摩川の流れに親しみながら成長してゆく。かの子は幼いころを回想して、もっとも楽しかったのは、「七歳の春、始めて母の里方に連れて行かれる途中、すみれ、たんぽゝ、しどめ、など咲き乱れたる山路を、赤き結ひ付け草履にて越したる時の思ひ出」（「最も楽しかつた・悲しかつた幼時の思ひ出」（アンケート）、「婦人画報」大正九年九月号）と述べている。

「結ひ付け草履」とは、草履の鼻緒に結び紐をつけて踵にまわし、子どもが飛び跳ねて遊んでも、草履が足から脱げないように工夫されたものを言う。

童謡「春よ来い」で、「赤い鼻緒のじょじょ履い」て、春を待っていた「みいちゃん」のように、女の子はなんといっても赤いものが好きだ。草履表から鼻緒まですべてが赤い、お気に入りの「結ひ付け草履」を履いて、思い切り春の野を踏んでゆく幼いかの子であった。遊びたい盛りに土いじりも禁じられるほどの蒲柳の質であったことを思えば、そのときの嬉しさはいかばかりだったろう。

黒靴の磨き足らひて春の野の若草ふむが楽しかりけり　（同）

この歌には「わが幼時」という詞書がついている。ぴかぴかに磨き上げた靴で、春の野に若草を踏んだ幼いころの思い出が、心のはずみとなって思い出されている。

生前最後の随筆集となった『希望草紙』（昭和十三年）に「野」と題する短文がある。その冒頭で、かの子は「野は何と云つても人生の平和を象徴するものであらう」と述べている。幼いかの子が、結い付け草履で、下駄で、靴で踏んだ春の野の傍らには、滔々とゆく多摩川の流れがあった。

また一方、武蔵野の農産物を東京に卸す問屋として、「いろは四十八蔵」を連ねていたという大貫家本邸の豪壮なたたずまいもあった。それらを背景とした「野」を行くことの安心感に満ちた幸せを、かの子は幼い心に刻みつけた。その感触を人生の平和の象徴として、あるいはみずからの出自への矜持として、生涯、大切に守り続けたのではないだろうか。

野の音

二年二か月にわたったヨーロッパ滞在から帰国後、かの子は小説家としての道を邁進してゆく。美術の勉強のために、最愛の一子、太郎を巴里に残してきた。「歌日記」に、次のような歌がある。

ふらんすのセーヌの橋を汝《な》が母が下駄に歩みし音な忘れそ（巴里の子に）

「歌日記」『新選岡本かの子集』「母性はうたふ」

北欧の都伯林にして春雪を踏みにし靴をとりいだし見る　同「伯林の歌」

かの子自身をモデルとした小説、『母子叙情』（昭和十二年）のなかで、主人公は巴里に暮らす息子に似た青年と偶然出会い、情を通わせてゆく。

ある日、「長い外国生活をして来てまだ下駄に馴れないかの女」は、「台は普通の女用の木履爪先に丸味をつけて、台や鼻緒と同じ色のフェルトの爪履いを着せ、底は全部靴形」の履物を考案して、二人の逢瀬に履いてみる。青年は、「今日はあなたのその靴木履《くつぽつくり》で、武蔵野の若草を踏んで歩く音をゆつくり聴かして頂くつもりです」と言う。すると、それは、まるで音のしないような滑らかな音をひいて、乙女の肌のような若芽の原を渡ってゆくのだった。

幼い日のかの子が、赤い草履で踏んだ武蔵野の若草が、ここへと連なっているのではないだろうか。愛する太郎との再会はついにかなわなかった。

6　洋装するかの子

洋服へのまなざし

岡本かの子の風貌といえば、丸顔に、耳の横でふっつりと切り揃えられた断髪、ふくよかな身体をうすものでくるむような洋装が思い浮かぶ。かの子は、いつからこうした洋装になじんでいったのだろうか。

かの子は大正十年（一九二一）の年末の一日の様子を、次のように書いている。

「十二月四日……朝。目黒の植物園へ太郎を連れて出かける。洋装にもかなり馴れたが、まだ体の格好に自信が無いので極りが悪い。オーバーの地質はすばらしいけれど、あまりに分厚で野暮で、露西亜の田舎乙女の様に自分の姿が思はれる。靴もすつかり足に着いた。……午後。日本服に着換えて、主人と一しよに観音庵へ行く。……」（「私の日記」、「婦人画報」大正十一年二月号）

明治四十四年（一九一一）生まれの太郎は、このときちょうど十歳である。太郎と植物園に遊ぶときは洋装、夫一平と「観音庵」を訪ねるときは和装と、一日のうちでも時に応じて着替えているかの子の姿が見える。

このころ、一平かの子夫妻は、いわゆる「魔の時代」から脱すべく宗教に救いを求め、キリスト教を経て大乗仏教と出会っていた。日記にある「観音庵」とは鎌倉の建長寺の庵である。年譜によれば、この年、かの子夫妻は「観音庵」に通って、同寺の原田祖岳師に「正法眼蔵」の教えを受け、禅道場にこもって五日間の修行も体験している。かの子はのちに仏教研究家としての仕事も深めていくのだが、当時はその入口に立った時期であった。

かの子はオーバーコートに身を包んだ自分の姿を、「露西亜の田舎乙女の様」と記している。厚いウール地がかの子の丸い体をますます丸く見せたのだろう。「露西亜の田舎……」までは納得できるが、その先が「乙女」であるところがいかにもかの子らしく、ほほえましい。このときのかの子は十歳の子どもの母親にして、三十二歳だった。夫の放蕩、生活苦、自らの恋愛問題、神経を病んでのたび重なる入院……と、人の世の修羅を味わってなお、「乙女」心のかの子であった。

後年、岡本太郎はこの当時の母かの子の様子を有吉佐和子との対談のなかで、次のように回想している。

有吉　かの子があの時代に洋服を着たというのは、岡本一平の影響ですか、それとも横浜に親類がいた影響ですか。

岡本　……大正時代のモダニズムだよ。困っちゃってねえ、僕が小学校三年くらいのときかな、突然、洋服になったんだね。そのとき、日本の女で洋服を着る人っていなかったんだ。洋服を着てどこかへ行くというので、必ずオレを連れて行くの。みんなふり返って見てね。時代は大正の十年か、十一年くらいだな。……横浜のお店かな、洋服を作る人がいて、家へきて、ちゃんと計って、洋服を作ったの覚えている。……」（「〝母〟なるかの子」、「海」昭和四十九年三月号）

時代にさきがけて洋服を着てみるものの、かならず太郎を連れて歩くというところに、洋服を着ることへのはにかみ、ぬぐいきれない抵抗感が感じられる。今和次郎の東京銀座の風俗調査（大正十四年五月実施）によれば、通行人の女性の洋装はわずか一パーセント、男性は六十七パーセントという、女性にはまだまだ洋装の珍しい時代であった。

かの子はこのころのみずからの洋装の歌は、一首も残していない。和服、履物、布地などを歌材にした歌をたくさん詠んでいるかの子にしては珍しい。洋装はまだ、かの子の肌身にしっくりとなじむまでには至っていなかったのだろうか。

一方、他人の洋装を眺めるという視点では多くの歌が見られる。たとえば、箱根のホテルで出会った「紅髪のおとめ子」を次のように詠んでいる（初出は「文藝春秋」大正十二年七月号）。

紅髪のおとめ子ひとりまばたきつつあかず見入れり藤花の房に　**『浴身』（大正十四年）**
すかあとをかろくかかげて藤花にさやらじとする朝のベランダ　**（同）**
藤花のゆれかそかなりかへりゆくホテルの朝の女靴《めぐつ》のひびき　**（同）**

異国の少女にとっては、日本の藤の、長く垂れて咲く花房が珍しかったのだろう。少女は藤に見入っているのだが、かの子はその少女の姿に見入っている。長い裾が藤の花に触れないようにとスカートを軽くかかげる少女のしぐさに、こつこつと鳴る靴の音に、かの子は洋装における身ごなしを、装う心を、見ているようだ。

こうした傾向は、かの子が短歌からの別れを宣言して刊行した歌集『わが最終歌集』（昭和四年）所載の、次のような歌からも読み取ることができる。

紫のぎあるそん服のいろ写るほてるの池の春のさざなみ
「帝國ホテル」『わが最終歌集』（昭和四年）

ほてるの廊下昼くらくして行き交へる異人のからあ眼にたち白し
（同）

大正末から昭和初期のモダニズムは、モダンボーイ・モダンガールを生みだしてゆく。女性のドレスからは過度な装飾が排され、ほっそりとした筒状の、ギャルソンヌスタイルが流行した。一首目には、それを着こなす女性が登場する。二首目では、照明を落としたホテルの廊下を行き交う紳士たちの、シャツの襟の白さがハッとするほど印象的である。

これらの歌からは、洋装に注がれるかの子のういういしいほどに真剣なまなざしが感じられる。横浜の洋装店で誂えたオートクチュールに袖を通して、「着る」ことは簡単でも、自分の身体に、また心になじませて「装う」ことは難しい。西洋から移入してきた「洋服」を、どうしたら自らの心身にしっくりと装うことができるのか。折りあるごとに学ぼうとしているかの子の心情が、こうした歌から伝わってくる。

洋装の機能と美

ふたたびはわが逢はざらん今日の日をまなこつぶらに眺めけるかも

『わが最終歌集』

岡本かの子は、「訣別」と題するこの一首を『わが最終歌集』（昭和四年）の巻末に刻印して、昭和四年（一九二九）十二月、一家でヨーロッパへと旅立って行った。

岡本太郎がかの子の書簡をまとめた、『母の手紙』（昭和二十五年）に、このころのかの子の装いの変化をたどることができる。

船旅の間、かの子は上海で洋服を購入したものの、結局和服で通したという。渡欧後のかの子と一平は、パリで学ぶ太郎と別れて、初めの半年をロンドンで過ごしている。そこですっかり洋装になじんだかの子は、太郎に、「すつかり洋服になつちまつたの、私は。……便利で前より十層倍も運動するしハウス・ウオークも出来るの。……気もちがわるくなるほど運動好きになつた。」と書いた手紙を出している。

それから半年後に、かの子と再会した太郎の目には、「英国製の服装は、ひどく不粋」に見えたが、「母の身体はその中で少女のやうにはつらつと」していた。この時点で、かの子は外出着でもおしゃれ着でもない、機能性に富んだ日常着としての洋装を体得したと言えるだろう。

その後、かの子と一平もパリに渡り、かの子は一等裁縫師マレー婦人と交流を深めた。一平は『かの子の記』（昭和十八年）のなかで、マレー婦人は服飾意匠に対するかの子の感性を尊び、東洋風のものを取り入れる場合に、よくかの子の意見をきいたと回想している。かの子自身も、紀行文「マダム・マレイ―巴里一等裁縫師」（「女性文化」昭和九年十月号）において、次のように述べている。

「……マダムの服飾は決して巴里モンパルナッスの遊女に向く派手々々しいものではない、そしてアメリカ風の蓮葉なモダニズムでもない、一見何の変哲も無いやうな単線から成り立つあく迄も巴里本来の古典を基調にしたものである。高価な一本の線の裁縫代が幾十円にも相当する。……マダムは私の誂へに対し、……日本人が見たら一見変哲でもなく実は単純な線からなるものを作つて、サセ・モン・グー（これが私の造るものの本当の味だ）と云ひ切つて着せてくれた。」

かの子がロンドンで体得したのが洋装の「機能」であったとすれば、パリで体得したのは洋装の「美」であったと言えるかもしれない。「機能と美」、この二点を兼ね備えた洋装の真髄に触れたかの子は、二年半にわたる滞欧中、肌身に近く、洋装になじんでいったのである。また、もう一つ、断髪のかの子を生んだのも、この旅の賜物であった。

世界の旅三年《みとせ》あまりのかたみにときりにし髪よ撫でていとしも
「歌日記」『新選岡本かの子集』（昭和十五年）

〝岡本美学〟

岡本かの子は、昭和七年（一九三二）の帰国後、パリに残った太郎への第一報の手紙で、「洋服着てるよ。上ぐつで日本のえんがはどんどんあるいてるよ」と知らせている。またその後の手紙では、「キモノ流行雑誌、四季に一冊送つてください」と頼むなど、パリの流行に尽きない興味を抱き続けている様子がうかがえる（岡本太郎『母の手紙』昭和二十五年）。いったん本場の洋装をわが物としたかの子の志向は、既成の感覚にとどまることはなかったのである。

岡本一平はかの子の没後、「黒い長い洋装のスカート」（『かの子の記』昭和十八年）を懐かしんでいる。それは、かの子の気質にも、身体にも、まったくそぐわないものであった。「西洋の尼さんみたいでおかしいからおよしなさい」という一平の忠告にもかの子は耳を貸さず、「スカートの裾すれすれに小さい靴の踵を踏み返」して、日々の散歩に愛用していた。

シンプルな黒のロングスカートは、かの子のなかでは、パリのシャンゼリゼを歩く、洗練されたマドモアゼルのイメージであったのかもしれない。

ここで思い出されるのが、前の節で触れた「靴木履《くつぽつくり》」である。かの子自身をモデルとした小説『母子叙情』（昭和十二年）のなかで、主人公はゴム裏の履物を考案した。これはあくまでも小説のなかのことだが、快適に装うことに対して妥協をしない探究心旺盛な姿勢を見ることができる。

装いにおけるかの子の価値基準は、他人の目にどう映るかではない。みずからの美意識に照らしてふさわしいかどうかであった。

帰国後のかの子の装いについて、かの子と交流のあった人々は次のような印象を記している。圓地文子は、渡欧前のかの子はのちに見たときほど異様ではなかったが、帰国後は「幾色も俗悪な色の重なった派手な衣裳にまとわれて、括然としている様子がグロテスク」（「かの子変想」、「短歌」昭和三十年七月号）であったと述べている。

杉浦翠子は「岡本かの子を悼むの歌」（「短歌研究」昭和十四年四月号）において、「**断髪の派手なる姿のまばゆさや集る人を圧したりけり**」と詠った。

さらに、平林たい子は、「かの子女史の扮装の趣味は、何とも言いようの無い中世紀的なあくどいものだった」（「かの子覚え書き」、「自由」昭和三十五年二月号）と回想している。

亀井勝一郎はかの子の没後、その文学について、次のように述べている。

「岡本かの子氏の遺稿を読むと、……改めて贅沢の精神について考へさせられる。……あの贅沢さといふのは滅亡の決意なのである。かういふ決意は一朝一夕にして成り立つものではなく、なかば血統であり宿命でもあるが、……昭和四年から七年までの欧州旅行中に、岡本美学ともいふべきものの核心が結晶したのではなからうか。東洋的教養が巴里の古典的生活に触れて、それを包摂消化しながら渾然たる一体に結晶したのだと思ふ。……」（『芸術の運命』昭和十六年）

この指摘は、かの子の「装い」のうえにも置き換えられるのではないか。

かの子はパリで一平に、邦貨に換算すると百円もする「西洋寝巻」を買い、「世界に負けない寝巻を着てゐると思へば、眠つてゐるうちにも気宇が大きくなる」（『かの子の記』昭和十八年）と言っている。他人の目に触れないところに贅をこらす、これこそが、装いにおける究極の贅沢と言えるだろう。それは、かの子がパリで知った、「一本の線の裁縫代が幾十円にも相当する」オートクチュールの世界にも通ずるものであった。

かの子は欧州旅行の体験を経て、和装と洋装を自身のなかでいったん消化したうえで結晶させ、独自の〝岡本美学〟を得たのではないだろうか。

滞欧中の昭和五年（一九三〇）、かの子は最初の脳充血に見舞われてから、十四年（一九三九）に満四十九歳で亡くなるまで、たびたび発作を起こしている。帰国後のかの子は心の底で死を予感し、また没落した旧家の最後の人間であるという意識を作品に投影しつつ、小説の執筆に邁進した。

晩年のかの子の濃厚な装いは、亀井勝一郎の表現を借りれば、「滅びの決意としての装い」なのであったろう。

見廻せばわが身のあたり草莽《さうまう》の冥《くら》きがなかにもの書き沈む

「歌日記」『新選岡本かの子集』

をみな子と生れしわれがわが夫に粧はずしてもの書きふける

（同）

「わが世」と題する一連から二首を引いた。外向きにはグロテスクとも評される「扮装」でみずからを鎧い、一歩うちへ入れば、すべてを脱ぎ捨てて、ただひたすらにものを書いた。かの子が到達した〝岡本美学〟を象徴する装いの本当は、「草莽《さうまう》の冥《くら》き」のなかに、「粧はず」にいる姿、愛するものの前で、〝一個の物書きとしてだけで存在する自分〟だったのかもしれない。

三　移りゆく時代のなかで

1　外套

外套の襟

外套の「套」という字には、「おおう、つつむ」という意味がある。手のみをおおうのが「手套」（手袋）、身体をすっぽりとおおい包むのが「外套」である。現代はオーバーコート、あるいは単にコートといった語にとって代わられて、ほとんど死語であるが、男性の装いとして洋服が定着し始めた明治の終わりから大正の初めにかけて、「外套」は多くの歌人の歌に登場する。たとえば石川啄木に次のような歌がある。

外套《ぐわいたう》の襟《えり》に頤《あご》を埋《うづ》め、
夜《よ》ふけに立《たち》どまりて聞《き》く。
よく似《に》た声《こゑ》かな。

石川啄木『悲しき玩具』（明治四十五年）

凍てつく冬の夜の街角である。背後から聞えてきた話し声に、思わず立ち止まり、「外套《ぐわいたう》の襟《えり》に頤《あご》を埋《うず》め」て聞き耳を立てる。誰の声に似ているとは言っていないが、おそらくこの夜ふけ、別れの際まで語り合っていた人とそっくりの声に驚いたのだろう。あるいは知り合いの誰かか。襟に頤を埋めることで、しばらく外界を遮断し、時間を反芻するには、背広でも羽織でもない、分厚い「外套」こそがふさわしい。前田夕暮にも、似たような場面を詠った歌がある。

別れ来て外套の襟に顔うづめ橋上に立ち冬の川みる

前田夕暮『収穫』（明治四十三年）

夕暮も、啄木と同じように、今しがた別れてきた人のぬくもりを外套の内側に確かめるように、その襟に顔を埋めている。けれど、結末は、啄木のようなあまやかな感傷では終わらなかった。橋の上に歩を止めて、逢瀬の余韻に浸りながら見つめる冬の川は、直面せざるをえない現実の厳しさを暗示するようだ。『収穫』には、この歌のあとに次の二首が続いている。

わがままをかたみにつくしつくしたるあとの二人の興ざめし顔　（同）

古マント茶色の帽子かくてわが悲しみは足る人に別れぬる　（同）

「冬の川」に暗示されていた不幸な恋の結末は、早くも現実のものとなってしまったのである。すると、「古マント」について一つの疑問が立ち上がる。「別れ来て……」の歌において、襟に顔を埋めた「外套」と、「古マント……」の歌における「古マント」は、どちらも作者の着ているものであり、歌の配置からいって、同じものを指す、と読むのが自然のように思われる。けれど、「外套」というと、その人の体型に合わせて仕立てられた「オーバーコート」というイメージがあるので、ゆるやかにまとう形の「マント」と同じものとは考えにくい。

『広辞苑』で「外套」を引くと、「防寒・防雨のため洋服の上に着る衣類。オーバー」とある。「マント」を引くと、「【manteau 仏語】ゆったりとした外套。日本では特に袖なしのものをいう。幕末、軍隊用としてとり入れられ、一般にも広く用いられるようになった」とある。

それでは、明治の終わりごろの「外套」とは、どのようなものを指していたのだろう。

漱石の外套

こんなとき頼りになるのが、**夏目漱石**である。漱石の小説は、衣服の描写の細やかなことで定評がある。そこで、前田夕暮の『収穫』の刊行年と同じ明治四十三年（一九一〇）に「朝日新聞」に連載された**『門』**（『漱石全集』第六巻、平成六年）を読みながら、「外套」の語を追ってみることにしよう。

小説の冒頭近くに、主人公宗助の弟小六が初めて兄の家を訪ねる場面がある。高等学校の制帽をかぶった小六は、「袴《はかま》の裾《すそ》が五六寸しか出《で》ない位の長い黒羅紗《ラシヤ》のマントの釦《ぼたん》を外《はづ》」しながら登場する。和服の上からまとうマントである。小六は、小説の後半でも、しばしばこのマントを着ているが、表記はルビ付きの「外套《マント》」であった。

宗助と御米の夫婦二人のつつましい暮らしに年の瀬が近づいたころ、「おれは一つ新らしい外套を拵《こしら》えたいな」という宗助に対して、御米が「御拵《(こし)》らえなさいな。月賦で」と応える場面がある。宗助の希望は、酒井抱一の屏風を売ることで叶えられるのだが、その後、崖の上に住む大家、坂井の家に泥棒が入ったとき、下女の清が、「此間《このあひだ》拵《こしら》えた旦那様の外套でも取られ様ものなら、夫《それ》こそ騒ぎで御座《ござ》いました」とコメントすることからも、外套がいかに貴重品であったかが察せられる。ここで言う「外套」とは、宗助が通勤のときに背広の上に着る、いわゆるオーバーコートのことである。

泥棒騒ぎをきっかけに、宗助は坂井との親交を深めてゆくのだが、いかにも裕福な坂井の普段着の装いとして描かれているのが、「獺《(かわうそ)》の襟《えり》の着《つ》いた暖《あた》かさうな外套《マント》」である。坂井は和服の上にこの「外套《マント》」を着て、ふらりと宗助の家を訪れる。

一方、宗助が和服の上に着るのは、外套でもマントでもない、「インヴネス」である。この当時、女性はまだ和装だが、男性の、とくに宗助のような官吏は、洋装で勤めに行き、帰宅後は和装でくつろぐという生活スタイルが一般的だった。「一寸上《ちよつとうへ》の坂井迄行《い》つてくるからと告《つ》げて、不段着《ふだんぎ》の上《うへ》へ、袂《たもと》の出《で》る短《みぢか》いインヴネスを纏《まと》つて表《おもて》へ出《で》た」といった着方である。

インヴァネスは取り外しのできるケープのついたコートで、「二重回し」や「とんび」とも言われる。昭和の半ば、私の父なども和服の上にインヴァネスを着ていたことが、なつかしく思い出される。

このように見てくると、私がイメージしていた、「外套＝オーバーコート」という図式は、まったく成り立たないことがわかる。明治の終わりごろの「外套」には、完全な洋装である「オーバーコート」と、和服・洋服、どちらの上にも着られる、袖のない「マント」の、すくなくとも二種類が含まれていたということになるだろう。

冬の心

外套の謎がひとまず解決をみたところで、さまざまな歌を読んでみたい。

ときたまに買《か》ひし煙草の、
外套《ぐわいたう》のかくしのなかの、
古き粉かな。

土岐哀果『黄昏に』（明治四十五年）

土岐哀果の歌集『黄昏に』には、靴、ヅボン、ホワイトシャツなど、洋装のアイテムを詠み込んだ歌が多い。掲出歌の「外套《ぐわいたう》」は、きちんと仕立てられたオーバーコートだろう。隠し、つまり内ポケットから、古い煙草の粉が出てきたという。あわただしい日常生活のなかでほとんど見逃されそうな場所に、過ぎ去った〈時〉が刻印されていた。「外套《ぐわいたう》」という重々しい語感や、生地の厚ぼったい手ざわりが、「かくし」の奥深さをきわだたせる効果をあげている。静かな詠いぶりながら、読者をふっと立ち止まらせる一首である。
哀果の同じ歌集に、つぎのような歌もある。

わが友が、
くつついて歩く、秋風の、
ふわりと広き長き外套。　　**（同）**

「くつついて歩く」という言い方が、なんともおかしい。うるさく思いながらも、愛おしく感じている年下の友人かもしれない。くっついて歩く密着感と、外套が身体からふわりと離れる感じとの、その疎密の間を秋風が吹き抜けて、二人の関係に絶妙な距離が保たれているようだ。「ふわりと広き長き外套」と言えば、おそらくマントだろう。

『門』の小六が、丈の長い黒羅紗のマントを着ていたのも秋であった。釦を外しながら「暑《あつ》い」と言う小六に、御米はあきれて、「だつて余《あん》まりだわ。此御天気にそんな厚《あつ》いものを着《き》て出《で》るなんて」と応えている。防寒のためではなく、若者が心意気で着るマントがあった。

永井荷風は**随筆『洋服論』**（大正五年）のなかで、この時代の、巴里に住む画工・詩人・音楽家・俳優等の風俗について、「頭髪を長くのばし衣服は天鵞絨《ビロード》の仕事服にて、襟かざりの長きを風になびかし、帽子は大黒頭巾の如きを冠る。（中略）冬も外套を着ず。マントオを身にまとふ。」と書いている。アルチュール・ランボオへの憧れから、黒マントに黒のソフト帽をかぶったという中原中也の写真なども思い出される。
マントといえば、北原白秋に次のような歌がある。

いちはやく冬のマントをひきまはし銀座いそげばふる霙《みぞれ》かな

北原白秋『桐の花』（大正二年）

他人にさきがけて季節を先取りするのは、日本人に古くから培われてきた美意識、おしゃれ心である。「ひきまはし」という表現に、厚い生地がたっぷりと使われた、大ぶりのマントの量感がしのばれる。

最後に、尾上柴舟のこの一首。

名もしらぬ毛皮の襟の外套に冬の心をつゝませて行く

尾上柴舟『日記の端より』（大正二年）

『門』の坂井が、普段着の和服の上に着ていた外套《マント》には「獺《かわうそ》の襟《えり》」がついていた。衣服に詳しい漱石には毛皮の素材が知れても、普通の男性にとっては「名もしらぬ毛皮」、しかし暖かい毛皮である。そんな外套に包ませて行くのは、冬の身体ばかりではなく、「冬の心」であるという。この静かな一首が、外套の本質を言い当てているように思われてならない。

2　シャツ

ホワイトシャツ

しみじみと青き汗染《し》む新らしきホワイトシャツに五月《ごぐわつ》きたりぬ
北原白秋「創作」一巻四号（明治四十三年六月）

君来るといふに夙《と》く起き
白シャツの
袖のよごれを気にする日かな
石川啄木『一握の砂』（明治四十三年）

新品のホワイトシャツは、糊が効いて、パリッとした着心地だ。どこまでも、白い。作者の北原白秋は、このとき二十五歳。青年の希望を象徴するような「青き汗」の染むシャツに、五月の風がさわやかに吹きぬけてゆく。

一方、石川啄木のほうは着古して、袖の汚れてしまったシャツである。恋人が来る日、早々と覚めた目に、汚れたシャツの袖口がかなしく映る。

現代の「ワイシャツ」は、かつては右の歌のように「ホワイトシャツ」、あるいは「白シャツ」と呼ばれていた。「White shirt」の「White」を正しく発音すると「ワイ」に聞えることから、アルファベットの「Y」が当てられたようだ。

男性の洋装化は明治時代の後半、日清・日露戦争後の好景気に後押しされて進み、儀式用の燕尾服やフロックコート、モーニングコートとは異なる、日常着としての背広が急速に普及した。

当時の背広は、次のように詠われている。

あたらしき背広など着て
旅をせむ
しかく今年も思ひ過ぎたる
石川啄木『一握の砂』

わが嫌ふ人は背広の胸あけて海豹《あざらし》海を見るすがたかな
與謝野寛『相聞』（明治四十三年）

さきほどの歌で「白シャツ」の袖口の汚れを嘆いていた啄木は、背広を新調して旅に出ることを夢見ている。その、若い晩年、二十三歳の啄木の貧しさが、なんとも切ない。

二首目の「海豹《あざらし》海を見るすがたかな」という描写はまことに言い得ている。背広のボタンをはずし、衿を左右にくつろげた男がだらしなく座っている様子が見えてくる。もしかしたら、行儀悪く、ぱたぱたと大きな扇子を開いて胸に風を送っているのかもしれない。

永井荷風は随筆『**洋服論**』（大正五年）のなかで、日本人男性の洋装のマナー違反を縷々嘆いている。ホワイトシャツに関しては、メリヤスの肌着との関係に重きを置いて、次のように書いている。

「日本人はメリヤスの肌着をホワイトシャーツと同じもののやうに心得てゐるが如くなれどこれ甚しき誤なり。ホワイトシャーツは譬《たと》へば婦人の長襦袢の如し。長襦袢には半襟をつける。ホワイトシャーツにはカラアをつける。婦女子が長襦袢は衣服の袖口または裾より現れ見ゆるも妨げなきものなり。ホワイトシャーツもまたその如し。然れどもメリヤスの肌着に至つては犢鼻褌《ふんどし》も同様にて、西洋にては如何なる場合にも決して人の目に触れしむべきものにあらず。（中略）ホワイトシャーツの袖口高く巻上げ腕を露出せしむる時にもメリヤスの肌着は見せぬやうにするなり。」

大正五年（一九一六）にいたって、日本人の洋装の実態はこんなだったのかと思うと、驚くばかりだ。

いつよりか、ボタンのとれしシヤツの袖、
たくしあぐるに、
ふいとさびしき。

土岐哀果『黄昏に』（明治四十五年）

たとえばこんな歌を読むとき、土岐哀果がたくしあげたシャツの下からメリヤスの肌着が覗いていなかっただろうかなどと、余計な心配をしてしまう。

荷風の文章で、もう一点注目したいのは、「ホワイトシャーツは譬《たと》へば婦人の長襦袢の如し。長襦袢には半襟をつける。ホワイトシャーツにはカラアをつける。」という部分である。

現代のわたしたちはほとんど忘れているが、かつて男性のシャツの衿は「カラー」と呼ばれ、ボタンで取り外しのきく別衿だった。尾上柴舟は、次のように「襟（カラー）」を詠っている。

つけたての襟《から》と頸《くび》との間《あひ》に入る朝の空気のよき流かな

尾上柴舟『日記の端より』（大正二年）

明治三十年代の初めには、高いカラー（high collar）に象徴される西洋趣味を示す、「ハイカラ」の語も生まれている。さらに、その反対語として「蛮《ばん》カラ」なる語まで創り出される。このあたり、日本人の言語感覚の冴えには目を見張るものがある。

明治三十八―九年に「読売新聞」に連載された**小栗風葉**の『**青春**』には、「髪毛を少し長目に伸して、紺の細綾のモオニングのシックリ能く似合ふ、些つとハイカラアがつた三十ばかりの紳士風の男……」が登場し、**夏目漱石**の『**坊ちゃん**』（明治三十九年）には、「白いリボンのハイカラ頭」や「ハイカラ野郎」が出てくる。

もともとは衣服の一部分を表わしていた「ハイカラ（high collar）」という語が、やがてひとつの嗜好、あるいは美意識を表わす言葉となり、明治・大正・昭和を経て、平成のいまにまで生き継いでいることは、じつに意味深い。

汚れたるほわいとしやつを脱ぎすて、けふの一日のしわざをぞ思ふ
尾上柴舟『日記の端より』

八重洲河岸河岸の夕日に石きざむシヤツ黄ばみたる人々のむれ
片山廣子『翡翠《かわせみ》』（大正五年）

「婦人之友」（大正五年四月号）の記事によれば、当時の洋服の値段は、メルトンの背広一着が十七円から、高価なもので三十円、ホワイトシャツ一枚が三円六十銭、カラー一つが六十銭である。大卒の初任給が五十円という時代に、庶民にとってはホワイトシャツ一枚といえども、そうそう気軽には買い換えられない高価な衣服であった。

掲出歌に登場するのは、労働に疲れ、汚れたシャツ、黄ばんだシャツである。一首目の「脱ぎすて」るという動作には、思うにまかせない勤め人のつらさが表われている。二首目の「石きざむ」人々のシャツは、丸首のシャツ、あるいは職場から支給された作業着のシャツかもしれない。ここには、人々の生活のなかにしっかりと溶け込んだ、日常着、仕事着としてのシャツの姿がある。

雨に濡れるワイシャツ

血と雨にワイシャツ濡れている無援ひとりへの愛うつくしくする

岸上大作『意志表示』（昭和三十六年）

六十年安保闘争のさなか、二十一歳で命をみずから断った岸上大作の代表歌である。昭和三十五年（一九六〇）六月十五日、全学連のデモ隊が国会南通用門で警官隊と衝突した。岸上も参加したこのデモで、樺美智子が亡くなる。「黙禱―6月15日・国会南通用門―」と題されたこの一連には、「**後頭部裂きて棍棒とびしまで毛根に汗は問われていたる**」「**流したる血とたわやすくいう犠牲ぬいあわされている傷口に**」といった歌もある。

血がにじみ、雨に濡れそぼったワイシャツは、岸上の胸に、背に、腕に、ひったりとまとわりついたことだろう。二十一歳の身体はワイシャツという薄い〈濡れ衣〉をまとうことで、裸体であるよりも、いっそうその肉体の若さと、若く健全なるがゆえのもろさをありありとさらしているようだ。

女ひとり殺せぬおれに六月の雨は不憫にワイシャツ濡らす

福島泰樹『バリケード・一九六六年二月』（昭和四十四年）

岸上よりも三歳年下の福島泰樹は、第一歌集『バリケード・一九六六年二月』（昭和四十四年）のなかで、岸上への哀悼の気持を右のように詠っている。また、その翌年に刊行された佐佐木幸綱の『群黎』（昭和四十五年）には、次の一首がある。

無頼たれ　されどワイシャツ脱ぐときのむざむざと満身創痍のひとり

佐佐木幸綱『群黎』（昭和四十五年）

岸上が一九六〇年の「六月の雨」にワイシャツを濡らし、そして血に染めて以来、安保闘争と青春と恋愛と死……、そうしたイメージのままに、〈岸上のワイシャツ〉がわたしたちの心の目に焼きついているのではないだろうか。

『群黎』からちょうど半世紀を経て刊行された『呑牛』（平成十年）のなかで、佐佐木幸綱は次のように詠っている。

「岸上」と久々に言えば麦笛がそこに聞こえて白シャツがくる

佐佐木幸綱『呑牛』（平成十年）

採寸の白シャツの腹太すぎて鏡のなかのわが立ち姿

（同）

佐佐木のなかで、岸上の姿は麦笛の似合う二十一歳の青年のまま、白シャツとともに在り続けている。その一方、オーダーシャツのサイズを測られている現在のわが身は堂々たる腹囲りの壮年である、と自嘲する。

歳月は亡くなった人をその場所に残したまま、生きている人ばかりをいやおうなく運んでゆく。岸上の没後に流れた六十年という時間の遥かさである。

目に映るシャツ

男性のシャツは、女性の目にはどのように映り、どのように詠われているのだろうか。

梅内美華子の『若月祭《みかづきさい》』(平成十一年)には、さまざまなシャツの男性が登場する。

ワイシャツのたて縞のなかに君笑うすこし疲れてわれが見る夜
梅内美華子『若月祭《みかづきさい》』(平成十一年)

海色のポロシャツを着て逢いに来る休日もまたややつんのめり　(同)

「水のなかの話をして」と青芝にシャツの背風にふくらませつつ　(同)

一首目の「ワイシャツ」は男の仕事着、いわば戦闘服だろう。「君」はワイシャツのたて縞模様のなかで笑っている。たて縞は「柵」のイメージも湛えている。われの前では、まだ柵を踏み越え、それを脱ぐことはできないのだ。二人の間に横たわるそんな距離感が、「見る」という語とあいまって、もどかしくも、いとおしい。

二首目は、ぐっとくつろいだ休日の「ポロシャツ」だ。「海色」に、開放感があふれる。「ややつんのめり」という不安定な結句に、若さがはじけている。

三首目の風をはらんだシャツは、波間をゆく船の帆を思わせる。「水のなかの話をして」というささやきは、青芝、シャツ、風、といった語と、色彩的に響き合う。「水のなかの話」は日常の次元をはるかに超えた、二人だけの物語の世界だろう。

こうしたシャツとは、まるで趣きを異にしたシャツもある。

ワイシャツの衿の留め針はづしをりわが決意夫を刺す日もあらむ
栗木京子『中庭《パティオ》』（平成二年）

アイロンの熱きくちばしワイシャツに押し当て唄ふ〈遠くへ行きたい〉
同『綺羅』（平成六年）

「わが決意夫を刺す日もあらむ」とは芝居がかったもの言いだが、長い人生のうちにはこうした思いを抱く瞬間があるのも確かだろう。咽喉にもっとも近いワイシャツの衿、その留め針をはずしているというシチュエイションが、やや出来すぎなほど怖い。

二首目では、「〈遠くへ行きたい〉」という心情が詠われている。しかし、よく読んでみれば、くちばしを持つ「アイロン」は妻の分身のようでもあり、それが押し当てられるワイシャツに夫の身体そのものが髣髴しないだろうか。妻の心に巣くう闇は、年を経るごとに深さを増す。

衿のサイズ十五吋《インチ》の咽喉仏《のどぼとけ》ある夜は近き夫の記憶よ

中城ふみ子『乳房喪失』（昭和二十九年）

別れた夫の衿のサイズが記憶に埋め込まれている。ワイシャツの衿と裄、ズボンの腰囲り、帽子の頭囲、靴下と靴のサイズ……、女は男と暮らすうちに、相手のサイズを覚えてしまう。サイズを知ることは、その人の生ま身を知ることでもある。

身に付けるもののなかでも、シャツは人の身体にもっとも近く寄り添う衣服の一つであり、着込まれるほどに、その人と分かちがたい一体感を醸し出してゆく。体温までも伝える衣服、と言えるかもしれない。

3　帽子

いたむ帽子

襟垢のつきし給と古帽子宿をいで行くさびしき男

前田夕暮『収穫』（明治四十三年）

六年《むとせ》ほど日毎日毎にかぶりたる
古き帽子も
棄てられぬかな

石川啄木『一握の砂』（明治四十三年）

明治末期の男性にとって、帽子はごく身近な存在であった。啄木には、「**夜おそく停車場に入り／立ち坐り／やがて出でゆきぬ帽《ぼう》なき男**」（『一握の砂』）という歌もあり、帽子をかぶらないことが奇異に感じられるほど、男性の帽子は日々の装いの必須アイテムとして浸透していたようだ。

それにしても、掲出歌に詠われている帽子は、なんとくたびれたそれだろう。「襟垢」のついた袷の着物にぴったりの古帽子……。六年もかぶり続けた古帽子……。どちらも、そのうらぶれ感がかぶっている人の内面の苦しみや生きがたさを物語っているようだ。

しかし、考えてみれば、帽子とは案外いたみやすいものなのだろう。額からにじみ出す汗や脂はしみとなり、かぶったり脱いだりするたびに手摺れや型くずれも起きる。常に外気にさらされているだけに、日焼けもし、埃や汚れもつくが、気軽に洗濯をするわけにもいかない。

そんな帽子のいたみを、岡本かの子は次のように詠っている。

脱ぎすてし君が帽子のふちのやゝ痛めるに先づさしぐまれけり

岡本かの子『愛のなやみ』（大正七年）

うつすりと帽にかゝれる塵の色いとしや君は疲れてかへれり　（同）

外出から帰った夫を妻が迎える場面だろう。「脱ぎすて」るという動作から、「君」が外から持ち帰った心の苛立ちが読みとれる。妻は帽子のふちのかすかないたみや、うっすらと積もった塵に、「君」の心身の疲れの深さを感じとって、それだけでもう涙ぐんでしまう。

この心情を呼び覚ますものは、洗濯のきくシャツでも、厚手の外套でも、いかつい靴でもない。七人の敵と戦う「君」の頭を守る帽子、それでいて痛みやすい帽子である。そんな「帽子」ならではのありようが活かされた歌と言えるのではないだろうか。

和服に帽子

森鷗外の長女である**森茉莉**に、**随筆『父の帽子』**（昭和三十二年）がある。鷗外の頭は並よりも大きかったらしく、「普通の人の帽子を見馴れた眼で父の帽子を見ると平たく、横に大きい感じがして独特で」あった。幼い娘の手を引いて、「何軒も帽子屋を廻つ」て帽子を探す鷗外は、意外にも和装である。

「灰色の単衣を着て、薄茶の献上を下手に結び、太いステッキをついてゐる父はカイゼル皇帝が浴衣を着たといふやうで、奇妙であつたし……」

「カイゼル皇帝が浴衣を着た」とは、いかにも森茉莉らしい観察眼の効いた見立てである。「カイゼル髭」には軍服が似合いそうだが、帽子屋をめぐる鷗外は、どう見ても洗練されているとは言えない和服姿であるところなども、人並ではなかったのかもしれない。

現代では、帽子といえば洋装、というイメージがあるが、この時代の帽子は和装にも用いられていたのである。

夏目漱石の**小説『それから』**（明治四十二年）に、こんな場面がある。

「何時の間にか、人が絽《ろ》の羽織を着て歩く様になつた。二三日、宅《うち》で調物《しらべもの》をして庭先より外《ほか》に眺めなかつた代助は、冬帽を被《かぶ》つて表へ出て見て、急に暑さを感じた。自分もセルを脱がなければならないと思つて、五六町歩くうちに、袷を着た人に二人出逢つた。左様《さう》かと思ふと新らしい氷屋で書生が洋盃《コップ》を手にして、冷たさうなものを飲んでゐた。」

季節の変化が急に訪れたらしく、道行く人々の装いに、冬物の袷から夏物の絽までが混在している。そんな街を主人公の代助は、「セル」に「冬帽」という姿で、初夏の陽射しにとまどいながら歩いてゆく。

「セル」は薄地の毛織物で、おもに「合い着」として単衣に仕立てられる。「冬帽」についての細かい説明はないが、おそらくベロアやフェルトといった素材の「中折帽《なかおれ》」だろう。

この場面の少しあとには、代助の友人の寺尾が夏羽織に新しい麦藁帽子という、季節を先取りした装いで登場する。旧友の妻に心を動かし、しだいに世間に背を向けてゆく代助と、ペン一本で世の中に立とうと意気盛んな友人寺尾、両者の違いが装いにおいてもくっきりと描き分けられている点が興味深い。

それにしても、代助も寺尾も鷗外も、また冒頭で引用した、袷に古帽子の男もそうであったように、和服に帽子という取り合わせは、当時、ごく一般的なスタイルであったようだ。

男の帽子

ここで少し、男性の帽子の種類について整理しておきたい。

いちばんの礼装、燕尾服やフロックコートに合わせるのは「シルクハット」である。『それから』の代助も「シルクハット」をかぶって園遊会に出かけて行った。その帰り、代助は兄と二人で、「絹帽《シルクハット》で鰻屋へ行くのは始《はじ》てだな」「何構《なに》ふものか」などと話しながら、金杉橋のたもとの鰻屋の客となっている。《晴れ》の洋装の二人が鰻屋の畳にズボンの膝を折って座る姿は、さぞや人目を引いたことだろう。

北原白秋は、「シルクハット」を次のように詠っている。

薄あかり紅《あか》きダリヤを襟にさし絹帽《シルクハット》の老いかがみゆく（銀座）　北原白秋『桐の花』（大正二年）

絹帽《シルクハット》吹き飛ばしたり冬の風落日《いりひ》真赤《まつか》な一本橋に（木がらし）　同『雲母集』（大正四年）

転《ころ》がつてゆく絹帽《シルクハット》を追つかける紳士老いたり野は冬の風（同）

いずれも、年老いた紳士のシルクハットである。絹ならではのぬめりとした光沢のある黒と、それに配された「ダリヤ」や「落日」の赤のコントラストが醸し出すエキゾティックな雰囲気に、老紳士の哀愁がからまって、読者の心も木枯らしに吹かれてゆくようだ。

「シルクハット」に続く正式な帽子は、「山高帽」である。山高帽といえば、イギリス紳士や、チャールズ・チャップリンのステッキと山高帽なども思い出される。日本では明治の初めから盛んにかぶられた。やがて、明治の中ごろ、頭頂にくぼみをつけた「中折帽」が現われると、日常の帽子として一気に普及した。その後、やわらかい素材の「ソフト・ハット」が考案され、大正期には、「中折」と「ソフト」が同義語となってゆく。

一方、紳士の遊び着から商人や職人の仕事着の一つとして幅広く用いられたのが、「鳥打帽」である。**永井荷風の随筆『深川の唄』**（「趣味」明治四十二年二月号）では、四谷見附から築地両国行きの電車に、「鳥打帽に唐桟の尻端折《しりはしをり》、下には長い毛糸の靴足袋に編上げ靴を穿いた、自転車屋の手代とでも云ひさうな男」が乗り合わせる。このとき、荷風は六年にわたる欧米での仕事を終えて帰国したばかりであった。荷風の目に映った男は、いかにも日本の労働者を代表する風情で活写されている。

「鳥打帽」は、ツイード（羊毛）や琥珀（絹）などの布を縫い合わせた、前に小さなひさしのある平らな帽子で、イギリス紳士の狩猟用「ハンティング・キャップ」の日本版である。

『それから』のラストシーンで代助がかぶるのも「鳥打帽」であった。

「門野さん。僕は一寸《ちよつと》職業を探して来る」と云ふや否や、鳥打帽を被つて、傘も指《さ》さずに日盛りの表へ飛び出した。」

代助は父とも兄とも決別し、職を探しに日盛りの街へと飛び出してゆく。高等遊民を返上し、一庶民として生きるほかなくなった代助の心情は、「シルクハット」でも、「中折帽」でもない、「鳥打帽」にこそ重ねられるものだろう。その庶民性もさることながら、型にはまらない「鳥打帽」のやわらかさ、頼りなさは、いまだ決意と呼ぶほどには固まっていない代助の心のありように、もっともふさわしい帽子である。

代助の「鳥打帽」は深刻なイメージをまとっていたが、もちろん本来は、日々の生活に密着したなじみ深い帽子である。

高山《たかやま》のいただきに登り
なにがなしに帽子を振りて
下《くだ》り来しかな

石川啄木『一握の砂』（明治四十三年）

登山の友として同行し、山の頂上で振られた啄木の帽子も、おそらく「鳥打帽」だろう。畳めばポケットに入ってしまう便利さ、気軽さが、「鳥打帽」の大きな魅力である。

夏の帽子

夏帽子青《あを》の樹《こ》の間に遠く見てこの川岸をさまよひにける

金子薫園『覚めたる歌』（明治四十三年）

少女子《をとめご》の青パラソルよりなほひろき麦藁帽を着て海に入《い》る

若山牧水『死か藝術か』（大正元年）

一首目、青々と茂る木々の間に「夏帽子」が見え隠れしている。パナマだろうか、麦藁だろうか。「青」のイメージと響きあう「夏帽子」をかぶっているのは、初々しい乙女かもしれず、半ズボンからすらりと足を伸ばした少年かもしれない。木立のなかに溶けてゆきそうな、幻想的な

「夏帽子」だ。

一方、二首目は、つばの広い麦藁帽子をかぶって海に入るという。下句は現実的だが、「麦藁帽」に「少女子《をとめご》の青パラソルよりなほひろき」という上句が比喩として掛かることで、一首は夏休みの絵日記を広げたような明るい気分に満ちる。とりわけ、パラソルの「青」が、少女の清らかさと夏の陽にきらめく海の美しさを引き立てているようだ。つばの広い麦藁帽子は、青年らしい気負い、あるいは自負心の象徴と言えるかもしれない。

また、こんな切ない夏の帽子もある。

いちはやく麦藁帽子買ひにしといふ弟の心かなしも

前田夕暮『生くる日に』（大正三年）

「病める弟をおもひて」と題する一連のなかの一首で、この歌のすぐあとには、「**日の光海いつぱいにひろごるも弟のかなしみも海いつぱい**」が続く。夕暮の弟、次郎は、この翌年に二十一歳の若さで亡くなっている。

生きることは、春夏秋冬、季節をたどることでもある。弟は自分の余命の短さを察していたのだろう。そうであれば、いっそう、めぐり来る季節がいとおしい。夏の訪れはまだずっと先なのに、いちはやく「麦藁帽子を買った」と告げる弟、この夏も生き抜きたいという切実な思いが伝わってくる。夏を迎えるために買うものは、花火でも、海水着でもよいはずなのに。この歌の

「麦藁帽子」こそ、切ない。
杉浦翠子に、こんな一首がある。

汗のしみにじみ残りて麦藁の帽子に今朝の秋たちにけり

杉浦翠子『寒紅集』（大正六年）

夏の間かぶり続けた麦藁帽子に汗のしみがにじんでいた。急に秋風の立った朝、そのことにふっと気づいた。秋を迎えた麦藁帽子は、汗じみのほかにも、表面は陽に焼け、編み目にはほこりが沈み、張りのあった形もしんなりとゆがんでいたにちがいない。しかし、それは、かぶった主とともにひと夏を生きた命の証でもある。

夕暮の弟も、これから迎える夏を生き抜くために、麦藁帽子に〈生〉の実感を刻もうとしたのだろう。帽子には、人のそんな思いを受け止める力が備わっているように思える。

4　手袋

手の記憶

手套《てぶくろ》を脱《ぬ》ぐ手《て》ふと休《や》む
何《なに》やらむ
こころかすめし思《おも》ひ出《で》のあり

石川啄木『一握の砂』（明治四十三年）

石川啄木の『一握の砂』（明治四十三年）は、「我を愛する歌」「煙」「秋風のこころよさに」「忘れがたき人人」「手套《てぶくろ》を脱ぐ時」の五章から成っている。掲出歌は、最後の章の「手套《てぶくろ》を脱ぐ時」の冒頭の一首である。この歌の初案は次のようであったという。

褐色《かついろ》の皮の手袋脱ぐ時に
ふと君が手を
思ひ出にけり

種明かしを見るようで興味深いが、啄木の改作が深くうなずける。初案の歌では、「褐色の皮の手袋」、「君が手」といった細やかな描写があり、手袋の具体像がはっきりとして、「君」との関係も明らかである。しかし、その反面、すべてが説明されてしまっていて、読者にとっては、入り込む余地がない、といった印象だ。一方、改作後の歌では、脱ごうとしているのがどんな手套なのか、心をかすめた思い出とは何なのかが特定できない分、読者は想像の翼を自由に広げることができる。歌柄がぐっと大きくなっている。

それにしても、「手套《てぶくろ》を脱《ぬ》ぐ手《て》ふと休《や》む」とは、なんと魅力的な場面設定だろう。身体に着ているものが洋服か和服か定かではないが、主体の手は、腕から指先まで、あらかじめ布地と手套にすっぽりとおおわれている。手套を脱ごうとして、まず右手の指で左手の中指の先を軽く引く。すると、手套が引かれた分だけ、衣服の袖口と手套の間にわずかに手首が現われる。冬の間、陽に当たらずにいる白い手首だ。その肌の白さから記憶の鎖がほぐれて、かつての恋人が思い出され、ハッとして手をとめた。そんな情景ではないだろうか。

この歌から四首後には、次の歌が配されている。

つくづくと手《て》をながめつつ
おもひ出《い》でぬ
キスが上手《じやうず》の女《をんな》なりしが

石川啄木『一握の砂』

一連を読み進める読者は、この「手」の連想から自然に前の歌に立ち返り、ふたたび先へと読み進めながら、過去形で語られる切ない恋愛の情感を、ゆったりと味わう構成になっている。

啄木が脱ぎさしの手套から恋人の記憶を呼び覚ましたのに対して、**原阿佐緒**は男の手袋をはめて、去って行った男を思う。

いひがたくさびし男の手袋をわがはめて見しありのすさびも

原阿佐緒『涙痕』（大正二年）

波乱の生涯を生きた阿佐緒は、第一歌集『涙痕』を上梓した二十五歳の時点で、すでに恋愛問題による自殺未遂、結婚、出産、離婚を経験していた。阿佐緒は同歌集で次のように詠っている。

いまはしき恋のかたみと乳の上の刃の傷痕に心ふるひぬ　（同）

狂ほしく死を思ふ夜もかたはらに寝し子を見れば心なごみぬ　（同）

「女子文壇」誌上で阿佐緒の才能を認め、「新詩社」へと導いた與謝野晶子は、『涙痕』の序文で次のように述べている。

「阿佐緒様、あなたの御境遇を知つてゐる私は、何時も、「わが恋は、美くしき所作のなかに、／死と時と薄命との移りゆく／悲劇の如くはげしかりき………／また大火事の如く赤く且つ黒かりき。」と歌つたと云ふエレンヌ・ピカル夫人の伝記を思ひだします。……」

阿佐緒をフランスの女流詩人と重ねたうえで、晶子は、「**うき恋を根として奇しき百合さきぬ白きまことの青き涙の**」という一首を贈っている。

「うき恋を根とし」た阿佐緒に、なぜか「手」にまつわる歌が多い。

吾に似ぬ子が手の形よ寒げやと息を吹きつゝ思ひ出し人　（同）

思ひ出でゝわが児と遊ぶ目かくしの君にとられしこの手淋しむ　（同）

わが子の手の形から、別れた夫の手を思い出す。それはかつて自分の手をやさしくとってくれた男の手である。

先に引用した阿佐緒の歌に戻ってみると、「いひがたくさびし」という初句の、ふりしぼるようなさびしさはどこから来るのかと言えば、遠く去って行った男の手袋をつれづれにはめてみたときであるという。かつては私の身体にも触れ、いつくしみあった男の手だ。その手の抜け殻である手袋にそっと指を入れてみる女心が、切なくもいとおしい。

これらの阿佐緒の歌は、人と人とが触れ合う原点が「手」であることを言っているように思う。親子、恋人、友達、夫婦……、いずれの間柄にしても、幾千の言葉を連ねても言いつくせない思いを、触れ合う手が一瞬にして伝えることを思わせる。「手」には、そんな力がある。
土岐哀果の第二歌集『黄昏に』（明治四十五年）に、次の歌がある。

手袋《てぶくろ》に、月夜《つきよ》の靄《もや》の沁《し》むことか。
どこまでも、
どこまでも、あゆみ行《ゆ》かまし。

土岐哀果『黄昏に』（明治四十五年）

『黄昏に』は、啄木の『一握の砂』の刊行から一年二か月後、啄木の死の二か月前に出版された。土岐哀果と啄木の交流の深さは周知のとおりで、哀果は臨終間際の啄木から第二歌集稿のノートを預かり、「悲しき玩具」と題して世に送り出した。その間の経緯は、『悲しき玩具』（明治四十五年）の「あとがき」に切々と語られている。

そうした背景を念頭にこの一首を読むと、ここに詠われた「手袋」に、啄木が宿っているように思われてならない。靄のかかった月夜の晩、両手をつつむ手袋に夜露がしっとりと沁みて、しだいに湿り気を帯びてくる。肺を病んで、微熱の続く啄木の手に包まれているかのように……。

啄木が脱ぎさした手袋を、哀果は、それがどんなに湿り、どんなに不快に感じられても、脱ごうとはしない。「どこまでも／どこまでも、あゆみ行《ゆ》かまし」とは、さあ、共に生きて詠い続けていこうではないか、という啄木へのエールと読んでは、あまりにも深読みに過ぎるだろうか。「手袋」は、男同士が結ぶ友情の「手」をも包みこんでくれる。

手袋と手套

初めにあげた啄木の歌に戻ってみると、初案では「手袋」であった表記を「手套」と言い換えた点が注目に価《あたい》する。前にも書いたが、「套」には、「おおう、つつむ」という意味があり、身体の外側をおおうオーバーコートが「外套」、手のみをおおうのが「手套」である。「手袋」は、文字どおり「手を入れる袋」という機能的な呼び名である。一方、「套」という文字から生じるイメージの広がりはたいへん大きい。

時代は下るが、**内田百閒**の『**百鬼園随筆**』（昭和八年）に「手套」と題した短い文章がある。電車の中で手套をしたまま金入れをいじるうちに、十銭銀貨を落としてしまう。百閒の心の揺れを掬いとる小道具として、「手袋」よりもやや重々しい「手套」が生きる一篇だ。

『百鬼園随筆』から二十年を経て、「手套」は葛原妙子に、また浜田到に次のように詠われる。

落しきし手套の片手うす暗き画廊の床に踏まれあるべし

葛原妙子『飛行』（昭和二十九年）

墓地の空流れてゆける夜の雲に白き手套をひとはめをへぬ

浜田到『架橋』（昭和四十四年）

右の二首では、「手套」は「てぶくろ」ではなく、「しゅとう」と読みたい。「てぶくろ」という音は、子どもの手を想わせる明るいイメージがあり、「しゅとう」はやや時代がかった、おごそかなイメージをまとっている。

一首目の、塚本邦雄に「幻視の女王」と呼ばれた葛原妙子の描く「手套の片手」は、あたかも身体の一部であるかのようだ。主体から離れた片手は、うす暗い画廊の床で注意されぬまま、永遠に踏まれ続けている。

二首目の、浜田到の歌の舞台は夜の墓地である。視界のひらけた墓地に、夜の雲は静かに流れ、その「ひと」は「白き手套」をはめ終えて、これからどんなふうになるのだろう。夜の雲と一体になるのか、あるいは墓地に眠る、愛する人の幻と出逢うのかもしれない。「手套」という言葉は、現代の日常生活ではほとんど死語となりながら、歌の世界で新たな命を吹き込まれ、生き続けている。日常の時間を超え、さらにはこの世とあの世の境をも軽々と超えるような、ひんやりとした怖さをまとってはいないだろうか。

手袋を脱ぐとき

手《て》ぶくろを脱《ぬ》ぐ時《とき》しろき涙《なみだ》おつ悲《かな》しきことのとぢめのやうに

与謝野晶子『朱葉集』（大正五年）

與謝野晶子の第十三歌集『朱葉集』（大正五年）の一首である。『朱葉集』が出版されたのは大正五年（一九一六）の一月、晶子三十七歳の年頭である。この前年の五月ごろからさまざまな誌・紙上に、夫與謝野寛の、いわゆる「懺悔」が発表された。晶子にとっては苦悩の時代であった。晶子は同歌集で、次のように詠っている。

女《をんな》には懺悔《ざんげ》を聞きて更《さら》に得《う》る病《やまひ》ありとは知《し》らざりしかな　（同）
初《はじ》めには恋《こひ》を一《ひと》つと定《さだ》め得《え》ぬ君《きみ》なりしかどわが前《まへ》に泣《な》く　（同）

この一方で、『朱葉集』出版から二か月後の三月には、生命のいとなみに逆らうことなく、五男、健を出産する晶子であった。

逸見久美は『**定本與謝野晶子全集**』**第三巻**（昭和五十五年）の「解説」において、與謝野寛の「女性遍歴」や「ドンファン的性格」は改まることがなかったものの、それゆえにこそ、晶子は、「恋愛をその詩魂の中核として燃やし続けて十五年、……その精神の高揚は寸時として熄むことのないものであった」と述べている。さらに、寛が迷いの中に身をさらして行なった懺悔も、晶子が現実から逃げず、真実を正視して詠ったことも、「真の文学者の所業」であると評価し、そうしたものを収めた歌集として『朱葉集』の意義を認めている。

掲出歌の、手ぶくろを脱いだ晶子は、どのような装いをしていたのだろうか。明治四十五年（一九一二）に寛を追って約半年間の欧州旅行を体験している晶子であれば、洋服に手袋かもしれない。

　晶子よりすこしあと、大正十二年（一九二三）に欧州滞在を経験した**森茉莉**に、「**手袋の話**」（『私の美の世界』昭和四十三年）がある。そのなかで、森は、手袋をお洒落に嵌めることは西欧人にもなかなかむずかしく、手袋の歴史が浅い日本人にはなおさらであるという。フランス語には、「自分に似合った奥さんや恋人のこと」を「誂えた手袋のようだ」という比喩があると言い、巴里で訪れた手袋の専門店で、綺麗な売り子が「一本一本指を撫で下ろす」ようにして、恋人に対するようにやさしい手つきで手袋を嵌めてくれたことをなつかしんでいる。

　晶子も、寛と歩いた巴里の街角で、そんな幸せな体験をしたかもしれない。

　そうしたことを考え合わせてみると、「手ぶくろを脱ぐ時」という一首の導入から、さまざまな思いが読みとれる。外出先から帰った、わが家の玄関だろうか。寒い戸外から一歩、屋内へ入り、まず手ぶくろを脱ぐ。心の緊張をほどいて、それまでしっくりと両手をおおっていた手袋を脱ぐことは、「自分に似合った夫や恋人」の手を離すような心もとなさも伴う。まして、わが家の屋根の下で向き合うのが、「**君もまたわが見ることを遮《さへぎ》りぬ心に早くうすごろもして**」（『鴉と雨』大正四年）と詠う夫、寛であることを思えば、手ぶくろを脱ぐ心もとなさは、なおさら増すばかりだ。

　手ぶくろを脱ぐとき、「悲しきことのとぢめ」のように零れた「しろき涙」は、晶子の身の内から滲み出た深い諦観の結晶である。

脱がれた手袋

人が脱いだ手袋はどこへゆくのだろう。手袋そのものは、埃が払われて、整理箪笥の一番うえの引き出しに仕舞われるのが幸せなのかもしれないが、すべての手袋がそうなるわけではない。日ごろ、車で道を走っていると、手袋や靴の片方が落ちていることが案外多く、それを見るたびに、いったいここで何があったのかと、おそろしく思う。

ぬかるみに誰がなげすてし愛憎のいづれぞ白き春の手袋
安永蕗子『草炎』（昭和四十五年）

引伸ばせし写真の隅の卓のうへ黒きはきみの手袋と知りぬ
小野茂樹『羊雲離散』（昭和四十二年）

一首目の場面は、道端のぬかるみである。捨てられていたのは防寒用の分厚い手袋ではなく、乙女の春先の手を包むほっそりとした白い手袋である。その運命を「愛憎のいづれぞ」と問うことから、物語が始まる。この手袋は、「愛」を象徴して乙女の手からやさしく離れたのか、あるいは「憎」の代わりにぬかるみに沈んだのか……。本格的な春を待つ雪解けの道に、人の思いを凝縮した手袋の白さが印象的だ。

二首目も、手袋を着けていた「きみ」から離れたところに、歌の場面はある。何かの会合の集合写真だろうか。引き伸ばしてみて、初めて卓の上に置かれていた小さな黒いものが、「きみの手袋」であったことを知る。その手袋は、ある時の、ある場所で、確かにその人の「命」をあたためていたのだった。

「手袋」は、衣服としてはささやかなアイテムだが、人が肌身に着けるものの持つ大きな存在感を有している。

5　足袋

汚れ

夕暮になって、一日中穿いていた足袋を脱いでみると、こんなに汚れていたのかと驚かされる。靴下の場合は靴にすっぽりと覆われているが、和装の場合、草履も下駄も外界にさらされているので、足袋は足元の汚れをいやおうなく吸ってしまう。

古泉千樫に次のような歌がある。

足袋《たび》につく焼野の土の灰白《はひじろ》にかわきゆくこころのうらがなしかり

『古泉千樫歌集』（大正元年）

焼野を歩いて帰ってきた。三和土《たたき》にだろうか、あるいは座敷にか、乾いて灰白色になった焼野の土がほろほろと落ちた。「かわきゆくこころのうらがなしかり」とは、なんと繊細な感覚だろう。焼野を踏んでいたときの勇ましいような、高揚した心が、土が乾くほどの時間を経て、すっとしぼんだところをとらえている。灰白色の土を見つめて「うらがなしかり」、と立ちすくむ作者の姿が見える。

石川啄木にも、汚れた足袋の歌がある。

よごれたる足袋穿く時の
気味わるき思ひに似たる
思出《おもひで》もあり

石川啄木『一握の砂』（明治四十三年）

思い出したくもない、できれば忘れてしまいたいほどの不快なことがあったのだろう。そんな思い出の比喩として引き合いに出されたのが、汚れた足袋を穿くときの気味の悪い思いである。汚れが染みついてしまった古い足袋なのか、雨が続いて乾かず、昨日のものをもう一度穿かねばならないのか、理由はいろいろだろう。

しかし、いずれにしても、きたない足袋を穿くときの「気味わるき思ひ」といえば、万人に理解されるにちがいない。感覚の細部に目の届いた、実感のある比喩である。

穿くほどにどうしようもなく汚れる足袋であれば、欠かせないのが「替え足袋」である。現代でも、お茶席に入るときは足袋を穿き替えるが、ふだん他家を訪ねるときも、「替え足袋」を持って行って、玄関先で穿き替えるのが礼儀だった。日常着を和服から洋服へと替えてしまった日本人には、こうした習慣も忘れられた。すこしかなしい気がする。

時代は下るが、大西民子に次のような歌がある。

一角より崩しゆくほかなき仕事画家に会ふべく足袋を履き替ふ

大西民子『不文の掟』（昭和三十五年）

年譜によれば、民子は昭和二十四年（一九四九）の二月に埼玉県大宮市に移り住み、以来十九年間、県の教育局職員として県立文化会館に勤務している。担当は文化係で、仕事の内容は各種の出版物の編集や文化団体の事務などであった。

掲出歌は、仕事上、何かむずかしい交渉に行く場面だろう。気むずかしい画家が想像される。地味な着物の衿を詰めて、きりっと着つけたような、三十代後半の民子である。玄関先で呼吸を整え、持参した真っ白い替え足袋に「履き替」え、いざ対面するのである。

縫う

和服を日常着としていた時代、着物から足袋まで、すべての衣類を縫い、管理することが家をあずかる主婦の重要な仕事の一つであった。

冬の日の窓の明りに亡き母が足袋をつくろふ横姿見ゆ

與謝野寛『相聞』（明治四十三年）

與謝野寛は明治六年（一八七三）、京都岡崎の西本願寺支院願成寺《がんじょうじ》住職の四男として生まれたが、六歳のときに願成寺が廃寺となり、翌年、父の事業の失敗から一家は離散する。二度にわたり、他寺へ養子に出されるなど、苦労の多い子ども時代を過ごしている。

母が亡くなったのは明治二十九年（一八九六）九月二日、寛二十三歳の秋であった。『相聞』には、「**萩の花はつはつ咲きて蜱《いとど》啼く九月の二日母の日は来《き》ぬ**」と、忌日に母を偲んだ歌もある。コオロギの古称である「蜱《いとど》」と、はかなげな萩の花とのとりあわせにいっそう淋しさがつのる。

掲出歌に詠まれたのは、齢を重ねて目の弱くなった母だろう。日差しの薄い冬には窓の明りに頼ってめどを通し、針を運ぶのだ。足袋を繕うのであれば、道具は小さな針箱ばかりである。窓の明りに逆光となった母の、ほのかな「横姿」がやさしい影絵のようだ。

足袋というまことにささやかな、それでいてなくてはならないものの思い出から、亡き母を慕い、なつかしむ作者の思いがひしひしと伝わってくる。

一方、與謝野寛の歌とは反対に、足袋を介して母が子を思う歌が**原阿佐緒**にある。

早く癒え吾子の足袋ども縫はましと病みつつ思ふ十月はじめ

原阿佐緒『死をみつめて』（大正十年）

「病羸怨慕　みちのくにて」と題された一連のなかの一首である。大正六年（一九一七）の秋、東北大学附属病院に入院したころの歌で、三十歳の阿佐緒には十歳と二歳の二人の男の子があった。子どもたちのためにも早く元気になって足袋を縫いたいと言う。寒さも増してくる十月、冬の準備に心急かれるほどに子どもへの思いがつのる。

既製品

日本画家の**鏑木清方**に「**白足袋**」（『明治の東京』所収、平成元年）という随筆がある。昭和二十四年（一九四九）に書かれたもので、足袋の誂えにまつわる次のような一節があって興味深い。

「……大正頃から福助足袋のように大量の生産が出来て、十文《ともん》とか九文《ここのもん》とか寸法をいって買うようになったが、その前は靴を型で誂えるように、足袋屋へ行って足の寸法を取らせ、踵も甲もピッチリ合ったのを作らせるのが、別にたいして奢りの沙汰ではなかったのだ。……」

足袋は足袋屋で誂えるか、家で縫うものであったが、しだいに既製品が出回るようになる。清方の書いている「福助足袋」が株式会社を設立したのは大正八年（一九一九）で、その後、全国に販売網を広げていった。福助が裃を着て正座し、両手をついてお辞儀をする図柄の商標は、大正、昭和生まれの人には馴染みが深いのではないだろうか。

桃印燐寸、福助足袋などが臨終《いまは》に浮かぶ人生良けむ
高野公彦『水苑』(平成十二年)

「桃印燐寸」は明治三十八年(一九〇五)に兵庫県の淡路島で創業した兼松日産農林株式会社の製品である。赤地に白い桃の印は、象印や燕印と並んでいまも売られているが、マッチ自体、日常生活から影をひそめた感がある。そんな「桃印燐寸」と「福助足袋」とから、なつかしい昭和の日々がよみがえるようで、「臨終《いまは》に浮かぶ人生良けむ」と詠う高野の気持がよくわかる。
やや横道に逸れたが、既製品の足袋に戻ると、中城ふみ子の歌集『乳房喪失』(昭和二十九年)に、次のような歌がある。

特売の不細工なる足袋買ひゆきて女はいまだ悲しみ多し
中城ふみ子『乳房喪失』(昭和二十九年)
無自覚に長く生ききし証とも足袋のかたちを憎むことあり
(同)
女丈夫とひそかに恐るる母の足袋わが洗ふ掌のなかに小さし
(同)

「青き事務服」と題された一連十四首の中の三首である。佐方三千枝著『**中城ふみ子　そのいのちの歌**』(平成二十二年)に、当時のふみ子の動静がくわしく記されている。それによれば、これらの歌の初出は昭和二十六年(一九五一)で、この前年に、ふみ子の両親は帯広で呉服店を開業した。同年、ふみ子は離婚を前提に夫との別居を決意し、三人の子どもを連れて旧宅に移り住んで、呉服店に通う日々を過ごしている。一連には、「**淋しきこと思ひ続けて煮し菜を女店員らは入れ替り食ぶ**」や「**北風に青き事務服吹かれゆく母には母のかなしみありて**」といった歌もあった。

掲出歌の一首目の「女」は呉服店の客だろう。第二次世界大戦の敗戦から六年後の歌で、まだまだ困窮する人々の生活が思われる。二首目は、特売の足袋の不細工なかたち、それを「無自覚に長く生ききし証」と捉えて「憎む」という。特売の足袋は、鏑木清方のような「踵も甲もピッチリ合った」足袋であるはずがない。そのような足袋を買わねばならない女の、また売らねばならない女の、かなしみが偲ばれる。生きるのに精一杯な人々の、精一杯の足袋である。

子どもへの思い

宮柊二の歌集『晩夏』（昭和二十六年）には、次のような子どもの足袋の歌がある。

合歓《ねむ》の枝《え》に子が赤き足袋黒き足袋かけ干されつつ春の風疾《と》し
宮柊二『晩夏』（昭和二十六年）

しもやけにふくれし足に今日穿《は》かす草生《くさぶ》には赤き布由樹《ふゆき》には黒き足袋
（同）

いささかの金なりしかど睦月過ぎて買ひ得し足袋を子は抱きて眠る
（同）

一首目、合歓の木は落葉樹で、四月ごろに芽吹く。「春の風疾《と》し」のころといえば、まだ芽吹く前の枝に足袋を干しているのだろう。「赤き足袋」と「黒き足袋」がいかにも子どもらしく、かわいらしい。二首目の「草生《くさぶ》」は、柊二の出征中であった昭和二十年（一九四五）の六月に生まれた長女であり、「布由樹《ふゆき》」は二十二年（一九四七）の五月に生まれた長男である。

赤と黒の足袋といえば、素材は木綿の別珍《べっちん》だろう。最近では子どもが着物を着るのは、七五三などの儀式のときばかりになってしまったので、子どもでも白足袋を穿く。しかし、かつては子どものふだんの足袋といえば別珍だった。

昭和四十年代、私が小学生から中学生のころにも別珍の足袋は健在で、冬にウールの着物や絣の着物などのふだん着には、かならず赤い別珍の足袋を穿いた。汚れが目立たないという安心感とともに、独特の深みのある赤が着物の裾口からのぞくのが嬉しかったことを思い出す。

地厚な別珍のごそごそとした感触と、白いネルの裏地のやわらかなぬくもりと、きらきら光る小鉤《こはぜ》との、この三位一体の不思議な魅力は洋装の靴下には絶対にない味わいで、足袋は子ども心にも、しみじみと触れ、眺めるだけで幸せになれる穿き物だった。

三首目の「抱きて眠る」という気持はよくわかる。どこの家庭でも、新年には何かしら新しいものを身につける習慣があった。肌着一枚でも、靴下や足袋一足でも、暮れのうちは下ろさずにとっておき、新年はまっさらなものを身につけて迎えた。

ところが、掲出歌の足袋は、ようやく「睦月過ぎて買ひ得」たものなのである。子どもたちが待ちに待っていた新しい足袋だ。お正月は過ぎてしまったが、やはりその喜びは格別で、「抱きて眠る」ほどなのだ。親は「いささかの金」をようやく工面できて、新しい足袋を用意した。子どもたちは、それをまっすぐに受け止めて喜ぶのである。小さな足袋を通して通い合う心がいとおしい。

白きさかしま

安永蕗子に、次のような歌がある。

かなしみはとめどなけれど明日はかむ足袋は火鉢の火に乾きゆく
安永蕗子『魚愁』（昭和三十七年）

星の座のいくばく低き夜の枝に干しゆく足袋も白きさかしま
同『蝶紋』（昭和五十二年）

足袋を干すときは、洗濯ばさみを使うとあとがついてしまうので、棒状のものに差し入れる。冬の夜は明日のために火鉢の火にかざし、夏の夜は星空の下、木の枝に干す。「白きさかしま」は白足袋の姿であると同時に、一人の女性の姿でもあるだろう。

どんなにかなしかろうが、夜が明ければ、ふたたび足袋を穿き、今日が始まる。

6　靴下

石川啄木

石川啄木は靴下に「韈」という字を用いている。

いつ見《み》ても
毛糸《けいと》の玉《たま》をころがして
韈《くつした》を編《あ》む女《をんな》なりしが

石川啄木『一握の砂』（明治四十三年）

「韈」は「襪」の異体字で、「しとうず（したうづ）」と読む。『**総合服飾史事典**』（丹野郁編、昭和五十五年）によれば、古代から平安時代くらいまで、木の沓《くつ》の中に穿かれていた靴下状のもので、二枚の布を縫い合わせたシンプルな形をしていて、足首を紐で縛って固定した。「したうづ」とは「したぐつ（下沓）」の訛ったものという。わたしたちが馴染んでいる、靴のなかに穿くのが「くつした」で、古代の木の沓《くつ》のなかに穿くのが「したぐつ」だ。それぞれのネーミングもおもしろい。
『枕草子』第百十三段には、源方弘《まさひろ》という人物の奇言奇行がおもしろおかしく記されている。春の除目《じもく》の夜、燈台を倒した方弘の「襪《したうづ》」が油まみれとなり、敷物にへばりついてしまった。そのため、歩くたびに、「まことに大地震動したりしか」といった具合だ。平安時代、襪は沓《くつ》を穿くときばかりでなく、屋内でも穿かれていたことがわかる。襪は現在も神楽を舞う際の穿きものに形をとどめているというが、鎌倉、室町時代に「足袋」が登場して以降、一般には姿を消した。

　素材としては、襪と足袋は織物、靴下は編物である。しかし、襪は足袋とは違って、足の指が分かれていず、底もない。そのため、形態に限ってみれば、足袋の原型というよりは、渡来の靴下に近い。啄木がこれに「くつした」とルビを振って用いた所以だろう。

　さらに興味深いことに、啄木の未刊の**小説「菊池君」**（明治四十一年稿）には、主人公が酒席で菊池君と初めて出会う場面に、次のような一節がある。

「成程、新聞記者社会には先づ類の無い風采で、（中略）窄袴《ズボン》の膝は、両方共、不手際に丸く黒羅紗のつぎが当ててあつた。剰《あまつさ》へ洋襪《くつした》も足袋も穿いて居ず、……」

　菊池君のモデルは、釧路時代に啄木が籍を置いた「釧路新聞」の競争紙「北東日報」の記者であるという。いかにも無頼な菊池君は素足であり、そのことを「洋襪《くつした》も足袋も穿いて居ず」と表現している。「洋襪《くつした》」とは、西洋風の衣服を〝洋服〟と称するように、〝西洋風の襪〟で、つまり、素材は西洋風の編物（ニット）、形態は日本古来の襪なのだ。まさに言い得て妙である。

　冒頭の掲出歌に戻ってみると、セーターでも、マフラーでもなく、靴下を編む姿から、つつましい女性像が立ち上がる。さりげない一首だが、「襪《くつした》」という表記から、啄木の鋭くも細やかな言語感覚が偲ばれる。

洗い、繕う

公使本多閣下に祝辞のべ帰り来て靴下と犢鼻褌《ふんどし》と洗ふ

斎藤茂吉『遠遊』（昭和二十二年）

『遠遊』は斎藤茂吉の欧州留学時代のうち、大正十一年の一月から翌年の七月までの、ウィーン大学神経学研究所在籍中の歌をまとめた歌集である。「後記」のなかで茂吉は、「……忙しい生活であつたが、成らうことなら滞在中の小記念を残さうとして、簡単な日録の余白に歌を書きつけることにした。本集の歌は即ちそれである。」と記している。掲出歌には「一月二日（火曜）、公使館祝辞」という詞書がある。

　このときから、ちょうど一年前の大正十一年の一月十五日には、「**公使館たづね来《き》れば手続《てつづき》をすまし居りつつ同胞《どうばう》にあふ**」と詠まれている。その後、茂吉はこのウィーンの地で部屋を借りた。「二月一日、ホテルより移居す」として、次のような歌がある。

やうやくに部屋片づけて故郷《こきやう》より持てこしふさぎを一纏《ひとまとめ》にす　（同）

「たふさぎ」は「犢鼻褌《ふんどし》」のこと。留学先では調達できないので、たくさん持ってきたのだろう。「故郷《こきやう》より持てこしたふさぎ」という具体が、ホテルからみずからの部屋に移って、ほっとひと息ついた心情をよく表わしている。

掲出歌に戻ってみると、茂吉が公使館に新年の挨拶に行った大正十二年の一月二日は、ウィーンに滞在して一年を経たころであった。おもしろいのは下の句である。忙しい毎日を送りつつも、おこたることなく、故郷からはるばる持ってきた「犢鼻褌《ふんどし》」と、ウィーンで買ったものかもしれない「靴下」とをみずから洗うのだ。

日常生活とは、むろんこうしたものだろうが、それにしても、四十歳の茂吉が異国のバスルームで、背を丸めてそれらを洗っている姿を想像すると、ほほえましくもあり、涙ぐましくもある。

斎藤茂吉がウィーンで靴下を洗ってから十七年後の昭和十五年（一九四〇）、宮柊二は日中戦争の最中、戦地の山西省で靴下をつくろっている。

蠟燭の寸《すん》ばかりなる惜みつつ寒ければつくろふ襦袢靴下の類

宮柊二『山西省』（昭和二十四年）

この歌の七首前には、『山西省』の代表歌の一首、「**おそらくは知らるるなけむ一兵《いっぺい》の生きの有様《ありざま》をまつぶさに遂《と》げむ**」が、七首後には「**犢鼻褌《たふさぎ》を日毎白きに取りかへて夜々《よよ》仰ぐ月よ早く落**

ち初む」がある。
「続後記」のなかで、柊二は当時の様子を次のように回想している。
「零下十何度の寒気は、洗濯物を洗濯の最中から氷らしていつた。バケツの水は五、六時間放置すれば、それは暖炉の上に一日置いても溶けない氷塊となつた。汾河の氷をわたつて来る驢馬は転倒して脚の骨を折つて鳴いた。」

想像を絶する厳しい環境のなか、つねに死と隣り合わせの日々である。掲出歌において、「寒ければつくろふ」としている「襦袢靴下」だが、つくろう理由は寒さばかりではないだろう。「犢鼻褌《たふさぎ》を日毎白きに取りかへ」るのと同様、いつ最期のときを迎えてもよいように、清潔な下着を身につけておくのだ。いかにも日本人らしい、身繕いのたしなみが読み取れる。

一方、田井安曇の歌集『木や旗や魚らの夜に歌った歌』（昭和四十九年）には、次のような歌がある。

雪の中帰りて終い湯に洗濯すシャツ一つ色異なる靴下三つ

田井安曇『木や旗や魚らの夜に歌った歌』（昭和四十九年）

「あとがき」によれば、この歌の制作年代は昭和二十六年（一九五一）から二十七年、安曇の二十一歳から二十二歳、「未来」創刊に関わっていたころである。シャツとともに洗った三足の「色異なる靴下」は何色だったのだろう。いずれ年齢を重ねれば、おおむね無彩色に落ち着いてしまう靴下である。雪に濡れた三色は、血気盛んな青年の若さの象徴とも言えそうだ。

安曇がシャツと靴下を洗っているのは、家族が寝静まった夜遅い時間だろう。「終い湯に洗濯す」という表現がじつにリアルだ。かつてはどこの家庭でも、風呂場の隅に洗濯用の固形石鹼が置いてあって、靴下や小さな肌着は自分で洗ったものだ。

そういえば、私も小学校五年生の家庭科の授業で、靴下の洗い方を習ったことがある。前日穿いた靴下と石鹼と小さなポリバケツを持参しての実習授業であった。これからは自分で汚したものは自分で洗うのだと思うと、急に大人になったように感じたことをなつかしく思い出す。

近年は洗濯用の固形石鹼も、ポンプ式の液体石鹼に取って代わられつつある。風呂場でひっそり手洗いをする光景も様変わりしてゆくようだ。

濡れた靴下、洗われた靴下を詠った、次のような歌もある。

靴下のぬれしをぬぎてわれはをりかくひそかなる生と思はむ

大河原惇行『鯉の卵』(昭和五十九年)

くつしたの形てぶくろの形みな洗はれてなほ人間くさし

永井陽子『小さなヴァイオリンが欲しくて』(平成十二年)

人は毎日、靴下を穿き、穿くほどに靴下は汚れ、傷む。そうして靴下は、日々洗われ、繕われる。衣服のアイテムとしてはまことに小さな存在だが、案外靴下は、人の生をもっとも間近で見つめているのかもしれない。

さびしい靴下

靴下はさびしいかたち片方がなくなりそうなさびしいかたち

東直子『青卵』（平成十三年）

靴下をすべて燃やしつくしたる夢はたしかにあわれなるべし

高瀬一誌『レセプション』（平成元年）

靴下を、「片方がなくなりそうなさびしいかたち」と捉えてしまう感覚や、「靴下をすべて燃やしつくしたる夢」を見ざるをえないわれ……、こうした歌を読むと、あわただしい日常生活のなかでふだんは気づいていない、あるいは気づかぬふりをしている心の暗部を突きつけられたように感じる。それを見つめ、掘り下げていったら、生きる力が萎えてしまいそうな、どうしようもない淋しさや孤独感が渦巻いている。

靴下の張りてつめたき風の夜の襞にゆくみづからの影を見るなり

河野愛子『魚文光』（昭和四十七年）

この靴下は黒のストッキングだろう。「つめたき」という形容詞が、「風」ばかりか、「靴下」にも掛かり、ひんやりとした体感が伝わってくる。靴下が足の皮膚にひったりとつめたく張りつめる感触は、じつに喪の夜の感じを伝えてくる。

前後に関連の歌がないので具体的なことはわからないが、「喪にゆく」といえば弔問客の立場である。喪服の黒一色に装った自分が影のなかに沈み込んでゆくようだ。岸を隔ててしまえば、今生では二度と故人とまみえることはかなわない。つめたい風の夜、圧倒的な喪失感が薄い靴下を透して、足もとから忍び寄ってくる。

『魚文光』で掲出歌と出会ったとき、ふっと思い出されたのが、遠い昔に読んだ**李白**の詩「**玉階怨**《ぎょくかいえん》」であった。

玉階生白露　夜久侵羅襪
却下水精簾　玲瓏望秋月

松浦友久の訳（『李白詩選』所収、平成九年）は次のとおりである。

「白玉の階《きざはし》に白い露が珠《たま》を結び、／夜は更けて、羅《うすぎぬ》の襪《くつした》に冷たさが浸みてくる。／水晶の簾《すだれ》をさっと下ろせば、／玲瓏《れいろう》と、さらに透明に輝いて、秋の名月が望まれる。」

透けるように薄い絹の靴下（羅襪）に、冷たい夜露が浸みてくる。夜も更けて、なすすべもなく、簾越しにひとり名月を見上げる官女である。深い憂いに配されたのが、タイトルの「怨」の文字と「羅《うすぎぬ》の襪《くつした》」であった。

李白の詠う、命あってなおの悲しみと、河野愛子の詠う、永訣の悲しみと、薄くはかない靴下に宿る二つの悲しみが、一二〇〇年の時空を越えて交錯する。

弛緩靴下《ルーズソックス》

次は、靴下を通してふるさとへの愛情を読むことができる歌である。

ふるさとに弛緩靴下《ルーズソックス》見るときのさむざむとしてかなしと思ふ

高島裕『旧制度《アンシャン・レジーム》』（平成十一年）

作者の高島は、この歌集出版の四年後、平成十五年（二〇〇三）以来、生活の拠点を東京から故郷の富山に移して、創作活動を展開している。つまり、この歌を詠んだ時点での「ふるさと」は、一時帰省時に触れたなつかしい場所であった。

女子高生に大流行した「ルーズソックス」である。「弛緩靴下」に、ルビをもって表現したところに、高島のルーズソックスへの違和感、嫌悪感が読み取れる。愛するふるさとをそのようなもので汚してほしくない。ふるさとには清潔なホワイトソックス（白短靴下）がふさわしいというのであろうか。

7　懐とポケット

ふところ

青木玉は祖父である**幸田露伴**の懐のうちを次のように回想している。

「懐中物の財布は菖蒲革、小銭入れはいわゆるガマ口ガマ口した口金のパチンとなるもので茶の裏皮、煙草入れと煙管入れは対の山椒粒大の相良繡《さがらぬい》で模様が一面に刺してある。これ等は総て不用意に懐《ふところ》から滑り落ちることのないように選ばれた素材だ。一度水を通した手拭を八ツに畳んだ中に挟んで懐中すれば、いい加減なゴマの灰如きにしてやられる鈍智《どじ》はふまぬ、茶色好みの露伴先生は用心のいいところもあった。」（『幸田文の簞笥の引き出し』平成七年）

離婚した母、**幸田文**に連れられて、玉が露伴の家で暮らし始めたのは昭和十三年（一九三八）、九歳の春であった。以来二十二年に露伴が亡くなるまでの九年間、戦時下の空襲や疎開も経験しつつ、厳しい祖父の膝もとで多感な少女期を過ごしている。それにしても、祖父の懐のうちを、よく見て、記憶していたものだ。物書きの血が脈々と流れているのだろうか、細やかな観察眼に驚かされる。

「懐」を辞書で引くと、「着た着物と胸との間」とある。懐のうちのことを「懐中」、懐にものを入れることを「懐中する」と言った。着物を着たときに大切なものを仕舞う場所が懐である。

露伴が懐中した「菖蒲革」は鹿の革、「裏皮」はけば立ったスエード、「相良繡《さがらぬい》」は疣繡《いぼぬ》いとも言われる盛りあがった刺繡のことである。いずれも、ざらっとした手触りで、しかもこれらを手拭にくるむのだから、用心の良いことこのうえもない。材質にまでこだわるこうした配慮は露伴ならではだろうが、財布や煙草入れは懐中物の定番であった。

與謝野鉄幹の懐中は、また趣を異にする。

ふところにハイネの詩あり泣きながら百尺の巌に海の月みる

與謝野鉄幹『紫』（明治三十四年）

鉄幹にハイネといえば、「人を恋ふる歌」（明治三十年、京城においてつくる）の一節、「あゝわれコレッジの奇才なく／バイロン、ハイネの熱なきも／石を抱きて野にうたふ……」なども思い出される。

掲出歌の収められた鉄幹の第四歌集『紫』が刊行されたのは、「明星」創刊の翌年、明治三十四年（一九〇一）であった。この年を「年譜」で見ると、一月に鳳晶子と京都粟田山で再会して二泊の旅をする。三月には鉄幹を誹謗した『**文壇照魔鏡**』が出版されて大きな痛手を受けるものの、同月に『鉄幹子』を、翌四月に『紫』を、続けて刊行している。六月には妻の滝野と息子の萃《あつむ》を帰国させて晶子と暮らし始め、八月には晶子の『みだれ髪』刊行……と、公私ともに息つくひまもない。

『紫』の巻頭歌は、「**われ男の子意気の子名の子つるぎの子詩の子恋の子あゝもだえの子**」であり、また晶子に向けては、「**秋かぜにふさはしき名をまゐらせむ「そぞろ心の乱れ髪の君」**」などと詠んでいる。そんな鉄幹のこと、「ふところにハイネの詩あり」は、単に「ハイネの詩を心に刻み」という意味にとどまらない。月夜の晩、ハイネの詩集一冊を懐中し、胸にその重みをなぞりながら、海に向かって涙する二十八歳の青年鉄幹の姿が彷彿するのである。

また、このような懐中物もあった。

ふところに小猿抱きて猿曳の雨にぬれゆく夕まぐれかな

佐佐木信綱『思草』(明治三十六年)

『思草』では、掲出歌のすぐ前が「**やしなふもやしなはるゝも猿曳のいづれか殊に哀なるべき**」という歌で、「狙公二首」という添え書きがある。「狙公」とは猿曳、猿回しのことである。さらに、その前には「猴二首」として、「**獅子がしらかつぎて舞ふや老猿の老たる業も哀なりけり**」「**夕暮のつかれはてたる身ながらもせむ方なげに舞ふ小猿かな**」の二首がある。

老猿と小猿、二匹を連れた猿曳だろうか。猿曳は新年の季語だが、ここでも老猿が獅子頭をかついでいるところを見ると、いかにもお正月らしい。太鼓を打ちながら猿を舞わして家々をまわり、米銭を乞う稼業があった。正岡子規には「猿曳や猿に着せたる晴小袖」（明治二十八年）という句もある。

一日の仕事を終えて帰る夕暮れの道は雨である。猿曳自身は雨に打たれながら、疲れはてた小猿が濡れないように、ふところに抱いてやっている。「やしなふもやしなはるゝも」、いずれもあわれであるとはいえ、両者の間には労わりあうやさしいものが流れている。小猿は猿曳のあたたかいふところに顔をうずめて胸の鼓動を聞きながら、ふるさとの母の胸を思い出しているのかもしれない。

露伴の財布と煙草入れに始まって、鉄幹の愛したハイネから、はては信綱が目にとめた猿曳の猿まで、懐中物はじつに多様である。

男性の着物は帯の位置が低いので、懐も女性のそれよりずっと広く、かなり嵩張るものまですっぽりと納まってしまう。文字どおり、懐が深いと言えそうだ。

かくし

日本人の衣生活は、和装から洋装へと変化してゆく。和装であれば懐や袂に入れられていたものが、洋装となってポケットに入るようになる。

洋服のポケットは「衣嚢」「かくし」と言った。「かくし」はものを隠す意味から、「隠し」とも書く。わたしは長い間、「かくし」は内ポケットのことと思っていたが、そうばかりではなかった。ポケット全般が「かくし」であり、内ポケットは「かくし」とも、「うちかくし」とも呼ばれていたのだった。

北原白秋の詩**「秋」**（『東京景物詩』大正二年）にも「衣嚢《かくし》」が登場する。

「日曜の朝、「秋」は銀かな具《ぐ》の細巻の／絹薄き黒の蝙蝠《かうもり》傘さしてゆく、／紺の背広に夏帽子、／黒の蝙蝠《かうもり》傘さしてゆく、／／瀟洒にわかき姿かな。「秋」はカフスも新らしく／カラも真白につつましくひとりさみしく歩み来ぬ。／波うちぎはを東京の若紳士めく靴のさき。／（中略）／日曜の朝、「秋」は匂ひも新らしく／新聞紙折り、さはやかに衣嚢《かくし》に入れて歩みゆく、／寄せてくづるる波がしら、濡れてつぶやく銀砂の、／靴の爪さき、足のさき、パッチパッチと虫も鳴く。／／「秋」は流行《はやり》の細巻の／黒の蝙蝠傘さしてゆく」（明治四十四年十月）

明治四十四年（一九一一）の「秋」はすっかり洋装である。紺の背広に、真っ白いカラ（襟）のシャツだ。靴の先で銀砂を踏み、手には絹張りの細身の蝙蝠傘である。流行の黒のそれには銀の金具が光っている。

背広の「衣嚢《かくし》」とは、おそらく雨蓋（フラップ）のついた腰ポケットだろう。雨蓋を内側に入れ、ポケット口から折りたたんだ新聞の頭をのぞかせている。日曜の朝のちょっとした外出にも新聞を友とする「瀟洒にわかき姿」の「秋」は、流行の先端を行くと同時に、社会情勢にも敏感な紳士であるようだ。

「「秋」は匂ひも新らしく」というフレーズから、清新な秋の空気とともに、刷り上がったばかりの新聞のインクの匂いがさわやかに立ちのぼる。新涼、初秋、秋の初風……そんな言葉が思い浮かぶ。

わかうどは少女《をとめ》に足《た》らず衣嚢《かくし》より取《と》う出《で》て吸《す》ひぬWHISKY《ヰスキイ》の罎《びん》

与謝野寛『相聞』（明治四十三年）

掲出歌の若人は少女に飽き足らず、衣嚢《かくし》よりウイスキイの壜を取り出して飲むという。先の白秋の「秋」よりも、いささか無頼な紳士である。

明治の終わり、背広の「かくし」のうちには、男性ならではの新聞やウイスキイの壜があった。どちらからも、そこはかとなくハイカラな香りが立ちのぼる。

「かくし」から「ポケット」へ

土岐哀果の歌集『黄昏に』（明治四十五年）には次のような歌がある。

ときたまに買《か》ひし煙草の、
外套《ぐわいたう》のかくしのなかの、
古き粉かな。

土岐哀果『黄昏に』（明治四十五年）

死ぬまへに、このポケットに、
人しれず入れてゐむべき
写真があれかし。（同）

だぶだぶの古きヅボンのポケットに、
両手つき入れて、
あき風を聴《き》く。（同）

右の一首目、外套の「かくし」から、思いがけないときに煙草の古い粉が出てきた。一瞬、時が止まって、回想の灯が心にほっとともったようだ。二首目は上衣のポケット、三首目はズボンのポケットである。

『黄昏に』の刊行は明治四十五年（一九一二）、このころから、「かくし」が「ポケット」という呼称に変わってゆく。一首目の「かくし」は、漢字を当てれば「隠し」だろう。二首目や三首目の「ポケット」とは区別していることからも、おそらく哀果は「うちかくし」、つまり「内ポケット」の意味で使っていると思われる。

二首目のポケットは肌に近い、シャツの胸ポケットではないだろうか。「死ぬまへに、このポケットに……」と詠んだ哀果の心情は、いまに通ずるものがある。

そこで思い出されるのは、岸上大作である。哀果の『黄昏に』刊行からおよそ半世紀を経た昭和三十五年（一九六〇）、二十一歳の生涯を閉じた岸上大作の絶筆「ぼくのためのノート」には、次のような一節があった。「……これは失恋自殺。ぼくのポケットにはひとりの女の写真が大事にしまわれている。……」

哀果が詠ったような、「写真があれかし」という甘やかな願望ではない。「ひとりの女の写真」は厳然として存在するものの、かなしいかな、心はついに通い合わなかった。それでも、「死ぬまへに、このポケットに」入れるのは、ほかならぬ彼女の写真一葉なのである。

十八歳、高校生の岸上には次のような歌があった。

ポケットに青きリンゴをしのばせて母待つと早春の駅に佇ちいつ

『岸上大作歌集』「大学以前拾遺」（昭和三十二年）

ひたすらに我の未来を信ずると縄ないて母の今宵も更かす

（同）

母一人子一人で育ってきた少年の、母への特別な思いが痛いほど感じられる。

証かされているごとき後退ポケットについに投げざりし石くれふたつ

岸上大作『意志表示』（昭和三十六年）

ポケットに硬貨と汗とつかみながら自らに最もしている道化

（同）

右の一首目は、「黙禱―6月15日・国会南通用門―」と題された一連のなかの一首で、このすぐあとに、**「血と雨にワイシャツ濡れている無援ひとりへの愛うつくしくする」**が続く。安保闘争の最中の昭和三十五年（一九六〇）六月十五日は、東大生の樺美智子が警官に殺され、岸上も警棒で殴られて二針縫う怪我をした日であった。二首目では、台風被害の義捐金を募集している傷病兵の列を前にして逡巡するみずからを揶揄している。

ポケットの中身は、少年の日の「青きリンゴ」から、長じて「石くれ」や「硬貨と汗」へと変化した。そして、最期のときには「ひとりの女の写真」へと。

ものを身につけるため、携帯するために、かつて活躍した着物の懐は、洋服の衣嚢、ポケットへと、その任を引き継いでいった。大切なものをなくさぬように、つねにともに在りたいと願う気持は、時代を超えて共通している。

肌身から離さない、という思いである。

8　八ツ口

妖しい名前

ゆきずりの袖のやつ口かへり見て過ぎしばかりの恋もありけり

森鷗外（「常磐会詠草」明治四十年一月）

女性の着物には「八つ口」という隠れた場所がある。「身八つ口」「みやつ」などとも呼ばれるそれは、身頃の脇明けのことで、脇縫いの上部、袖付けの下の縫い詰められずに開いている部分を言う。腕を上げたときなど、そこから白い肌や下に着ている長襦袢がわずかに覗いて、はっとすることがある。

森鷗外の右の歌で、道すがら行きあったのは若い娘だろうか。「袖のやつ口」に目がとまり、ふと振り向いたものの、そのまま行き過ぎたという。恋とも言えぬほどの恋、男性らしい一瞬の心の動きが切り取られている。

「常磐会」というのは、明治三十九年（一九〇六）の六月に、鷗外と賀古鶴所が幹事、小出粲、大口鯛二、佐佐木信綱、井上通泰が選者となり、「明治の時代に相当なる歌調を研究するため」にスタートした歌会で、会場であった浜町一丁目の酒楼「常磐」から、会の名がついたという。掲出歌が詠まれた明治四十年は、鷗外四十五歳、與謝野鉄幹、伊藤左千夫、佐佐木信綱等を招いて「観潮樓歌会」を興した年であった。

掲出歌は「恋」の題詠として「常磐会」に出詠した一連七首の一首目である。このあと、「**まこととも あたごころとも我とわが いまだわかぬに絶えし恋かな**」「**こひ死ぬとわが云ひやらばさば死ねと あからさまにも答へんが憂さ**」といった歌が続き、最後の一首は「**恋ゆゑに瘦すてふ子よりその母の瘦する見るこそ悲しかりけれ**」であった。「恋」の一連、導入の一首目はもっとも淡い恋から入り、四十五歳という年齢にふさわしく、恋する娘の母親への視線で詠いおさめている。

それにしても、「八つ口」とはなんと妖しい名前だろう。女性特有の着付けである「御端折り《おはしょ》」を整えるために必要な口(脇明け)であるため、男性の着物にはない。八つの口とは、どことなく、男を食いそうな名前でもある。一説によれば、着物の身頃に開いた八つ目の口だという。一つ目が首の出る衿。二つ目が足の出る裾。三つ目と四つ目が左右の袖口。五つ目と六つ目が左右の袂の振り。そして最後の七つ目と八つ目が身頃の脇明け、「身八つ口」というわけである。

名前の響きばかりか、袖付けの下、つまり脇の下、という場所も妖しい。着物は、前の打ち合わせを深々と合わせ、衿から裾までぴっちりと身体を覆う。そんな着物の思いがけない外部との通路が「八つ口」、鷗外流に言えば「袖のやつ口」なのだ。帯を解くことなく、女性の身体を垣間見ることができ、手を伸ばせば触れることもできる。「八つ口」から差し入れた手をほんのすこしうしろに滑らせればなめらかな背中に、前に滑らすとやわらかな胸乳に触れる。まさに恋の入口にふさわしい部分と言えそうだ。

袖と恋との関連ですぐに思い出されるのは、次の一首ではないだろうか。

あかねさす紫野行き標野《しめの》行き野守は見ずや君が袖振る

額田王『万葉集』（巻一・二〇）

古来、袖を振ることは愛情表現の一つであった。「袖のやつ口」も、着物を着た女性が直立不動では目に入らない。女性の腕が動き、袖が動いて、初めて隠れていた「八つ口」が現われるのだ。

しかし、もとより腕を動かしたからといって、つねに「八つ口」が見えるわけではない。むしろ、手を上げるときは、もう一方の手で袖を押さえ、肌の露出を最小限にするのが女性のたしなみであった。それについては、**與謝野晶子**にこのような歌がある。

元日や長安に似る大道《だいだう》に遣羽子《やりはご》したる袖とらへけり

與謝野晶子『舞姫』（明治三十九年）

佐藤和夫はこの歌を、次のように解釈している。
「正月元日、長安の大通りのようにみやびやかな京の都大路で、あでやかな振り袖で羽根つきをしている娘の、そっと袖を押さえるしぐさが何ともいえず優雅で美しい。」（『與謝野晶子『舞姫』評釈』昭和五十三年）

いかにも京都の正月らしい華やかな場面である。若さゆえのはつらつとした明るさと、娘らしい恥じらいとたしなみ。相反する二つの面が、羽子板を持つ伸びやかな右手と、右の袖をそっと押さえる左手に表われているようだ。

袖と涙

佐佐木信綱には次のような歌がある。

ふと水に着物の袖のぬれにけるほどにも恋《こひ》を思はざる人

佐佐木信綱『新月』（大正元年）

人生を賭けるような恋ばかりが恋ではない。日々の生活のなかで、向き合った人がふと見せた笑顔のなつかしさ、掛けられた言葉の思いがけないぬくもり……、そういったものに出会ったとき、心の奥にほのかな恋心が芽ばえることが、誰にでもあるだろう。ところが、掲出歌に詠われた人は、そうしたことにはまったく関心がないようだ。歌の主旨は「恋《こひ》を思はざる人」であり、「ふと水に着物の袖のぬれにけるほどにも」が、序詞のように配されている。

着物の袖には袂があるため、うっかりしていると、気づかぬうちに汚れたり濡れたりしてしまう。そのような日常茶飯事のささやかな出来事、それほどにも「恋」を思いもしない人だという。

歌意はそれで通るが、「恋《こひ》を思はざる人」を形容するのに「水にぬれた着物の袖」を出すからには、もう一つの意味もこめられているだろう。「水」からは「涙」が連想され、縁語の関係にある「涙」と「袖」が、歌の背景に自然に立ち上がってくる。美しい娘が恋に悩み、涙で袖を濡らしていても、その気持にまったく気づかない男……、そんな無粋な男性像が見えてきはしないだろうか。

「涙と袖」といえば、「百人一首」にも収められている次のような歌の世界が思い浮かぶ。

ちぎりきなかたみに袖をしぼりつつ末のまつ山浪こさじとは

清原元輔『後拾遺和歌集』（巻十三・七七〇）

たがいに涙で濡れた袖をしぼりながら行く末を誓い合ったのに、と女の心変わりを嘆く男である。また、一説によれば、女に飽きた男が女に浮気の罪をかぶせてみずからの正当性を主張したという解釈も成り立つようだが、いずれにしても、着物の袖は恋の涙に濡れるものであった。

清原元輔への返し歌かと思ってしまいそうな、次のような歌もある。

いつはりの濁るなみだのかかりなばこの袖たちてまた君を見じ

山川登美子共著歌集『恋衣』（明治三十八年）

もしも心に不純なものがあって、偽りに濁った涙がこの袖に降りかかることがあれば、私はこの袖を断ち切って、二度とあなたには会いません、と言う。與謝野鉄幹に対してみずからの赤心を吐露した登美子の心情が切ない。初出は明治三十三年（一九〇〇）九月の「関西文学」第二号で、「新詩社」の社友となって三か月目の登美子であった。

これより二か月後の「明星」十一月号に、登美子は次の歌を出詠している。

それとなく紅き花みな友にゆづりそむきて泣きて忘れ草つむ

（同）

登美子はこの翌年の春、明治三十四年の四月に、親の意に従って山川駐七郎のもとに嫁いでいった。そんな登美子に、晶子はこのような歌を捧げている。

星の子のあまりによわし袂あげて魔にも鬼にも勝たむと云へな

與謝野晶子『みだれ髪』（明治三十四年）

「星の子」、つまり「明星」同人の登美子に対して、その長い袂を振り上げて、何が来ようが自己の意志を貫くと言ってください、と呼びかけているのだ。この歌の初出は、登美子の「それとなく……」の歌と同号の「明星」であった。

着物の袖、とくに若い娘の袂の長い美しい袖は、ときに涙とともにあった。実る恋も実らぬ恋も、女の命ともいえる袖が包みこんでいるようだ。

自然と意志

夏目漱石の『**吾輩は猫である**』には、「八つ口」のもう一つ別の顔が登場する。

ある日、主人公の猫が、「どうも二十世紀の今日運動せんのは如何にも貧民の様で人聞きがわるい。」と、運動の必要性に開眼する。そして、さっそく運動のためとして、蟷螂狩りと蟬取りを始める。その蟬取りの場面で、夏の終わりや秋の初めに鳴く「おしいつく〳〵」（つくつく法師）という蟬の説明として、次のような描写がある。

「……是は夏の末にならないと出て来ない。八つ口の綻びから秋風が断はりなしに膚を撫で〻はっくしよ風邪を引いたと云ふ頃熾《さかん》に尾を掉《ふ》り立て〻なく。」（『吾輩は猫である』第七章、明治三十九年）

たしかに夏の浴衣の「八つ口」はよく綻び、綻びるころには秋である。着ているときにはわからないのだが、脱いで風を通した浴衣を畳むときに初めて綻びに気づいて、ああ恥ずかしいと思う。私もかつて、頻繁に浴衣を着ていたころには、よくそんな思いをしたものだ。

「八つ口」にはけっこう力がかかるので、縫うときには、かならず腋に一つと袖付け側に二つ、左右で計六箇所、「閂止《かんぬきと》め」をする。閂止めとは、縫い糸を二本、三ミリほどの長さに渡し、そこにボタンホールステッチのように糸をからげてゆく止め縫いのことだ。あらかじめこんな予防をしておいても綻びてしまう。それを漱石は「八つ口の綻びから秋風が断はりなしに膚を撫で、」と表現した。着物が日常着であった時代には、このように、「八つ口」からも新しい季節の訪れを感知する感覚が生きていた。

そんな「八つ口」を、私は縫いとめたりはしない、と高らかに詠い上げたのは、かつて登美子から「紅き花」を譲られた晶子であった。


八つ口をむらさき緒もて我れとめじひかばあたへむ三尺の袖

與謝野晶子『みだれ髪』

佐竹籌彦は、「むらさき緒」は「定まった恋人」の譬喩であるとしたうえで、この歌を次のように解釈している。

「私は八つ口を紫の緒で固く留めたりなどは致しません。……この三尺もある長い袖は、お引きになる方があれば、いつでも差しあげるつもりです。」（『全釈みだれ髪研究』昭和四十年）

「三尺もある長い袖」とは、袖丈一一四センチの大振袖（本振袖）だろう。大振袖は花嫁衣裳にも用いられる娘の盛装である。現在、成人式などで着られる振袖は、主に袖丈二尺四寸から二尺八寸（九一～一〇六センチ）の中振袖であることを思えば、明治の女性にとって三尺の袖がいかに長いものであったかが想像される。おのずから行動を制限する袖でありながら、それが長ければ長いほど、意匠が豪華であればあるほど、若い娘にとってはいとおしく、また誇らしい存在であったろう。

晶子は、そんな袖の「八つ口」をむらさきの撚り糸で縫いとめたりはしない。そればかりか、「ひかばあたへむ」と、示された愛に応えるために「八つ口」を開放し、身も心も解き放とうと言う。大胆な言挙げである。

女性の着物の袖、「八つ口」の見せる風情は艶でありつつも、ときにたくましく、ときにかなしい。それは着物をまとった女性の姿そのものと重なる。

9　ボタン

貝釦の色

月夜の晩に、ボタンが一つ
波打際に、落ちてゐた。

それを拾つて、役立てようと
僕は思つたわけでもないが
なぜだかそれを捨てるに忍びず
僕はそれを、袂に入れた。

（中略）

月夜の晩に、拾つたボタンは
指先に沁み、心に沁みた。

月夜の晩に、拾つたボタンは
どうしてそれが、捨てられようか?

中原中也の詩「**月夜の浜辺**」(『在りし日の歌』昭和十三年)の「ボタン」は、読者の心にも沁みてくる。夜の海に射す月の光には見る者の心を透明にする不思議な力があって、そんな月光に照らされた「僕」なればこそ、波打際に落ちていた小さなボタンを見逃さなかった。

ボタンは洋服の必需品だが、海辺で拾ったそれが入れられたのは和服の袂《たもと》であった。この詩が発表された昭和十三年(初出は十二年)では、まだ和装と洋装が混在していたのである。

では、月夜の晩に拾われたのは、いったいどんなボタンだったのだろう。**唐十郎**が、「**中也とボタン**」というエッセイ(「中原中也研究」14号、平成二十一年)のなかで、このボタンについておもしろい指摘をしている。

「シャツのボタンだろうか、お洒落なカラーシャツの衿飾る虹色ボタンか、またはらくだの股引に付いてたボタンかわからない……」

「お洒落なカラーシャツ」は素敵な想像だが、「らくだの股引」には驚かされる。なるほど、股引にもボタンはある。そう考えると、波打際で拾われたボタンが何のボタンであったか、どんな役割を担っていたか、そんなことをあれこれ思うのはほとんど意味がないようだ。むしろ大切なのは、月光に照らされて、きらりと光っているボタンであること、指先に触れたとき、ひんやりとした感触が心にまで沁みてくるボタンであること、などのほうだ。

中也の未発表詩篇「夏の夜の博覧会はかなしからずや」（昭和十一年）に、貝のボタンが登場する。

われら三人《みたり》飛行機にのりぬ
例の廻旋する飛行機にのりぬ

飛行機の夕空にめぐれば、
四囲の燈光また夕空にめぐりぬ

夕空は、紺青の色なりき
燈光は、貝釦の色なりき

『新編中原中也全集』第二巻（平成十三年）の「解題」によれば、この詩の舞台は親子三人で出かけた上野の博覧会だという。夜の会場を照らす燈光が、「貝釦の色」にたとえられている。けっして派手ではなく、控え目ながら虹のような光沢を放つ貝のボタンの色である。そんなやさしい燈光のイメージは、いまだ暮れきらない「紺青の夕空」にかなしいほどだ。

貝のボタンといえば、**司馬遼太郎**の**小説『木曜島の夜会』**（昭和五十一年）も印象に残る。木曜島はオーストラリアの北東に浮かぶ小さな島である。そこで、明治十年代から太平洋戦争の直前まで、ボタンの原料となる貝の採取がイギリス人によって盛んに行なわれていた。驚いたことに、彼らに雇われて実際に潜っていたのは、もっぱら日本人の潜水夫だった。過酷な潜水の仕事はいずれの国の潜水夫にも長続きできず、忍耐強く勤勉な日本人に向いた仕事であった。

現在のように安価な樹脂製のボタンが普及するまでは、ボタンの主な材料は、貝や木、水牛の角、馬の蹄、牛の骨などの天然素材と、金属であった。木曜島で採取されていたのは、主に「ヨーロッパの貴婦人の胸をかざるような上等の釦」になる、白蝶貝、黒蝶貝、高瀬貝で、なかでも白蝶貝はその光沢の美しさから、貝ボタンの最高級品として珍重されていたという。一般的には真珠母貝として名高い白蝶貝も、ここではボタンの材料となる点が興味深い。

中也が「月夜の浜辺」で拾ったボタンも、博覧会の燈光に重ねた貝の釦も、木曜島からはるばると海を渡ってきた白蝶貝のイメージだったかもしれない。

中也の詩から半世紀以上を経た現代にも、わたしたちの衣服に貝のボタンは生きている。

君のまへで貝の釦をはづすとき渚のほとりにゐるごとしわれ

笹原玉子『南風紀行』（平成三年）

愛情と覚悟と恥じらいとやすらぎ……、そんな気持がないまぜになって、君の前で釦をはずす。それは、金属のものでも、プラスチックのものでもない。指先にやさしく触れる「貝の釦」

である。「釦」は貝であった日の遠い記憶の海をたゆたい、「われ」を「君」に委ね、「渚のほとり」にしずかにたたずんでいる。

黒曜石の釦

北原白秋にこのような歌がある。

黒曜の石の釦《ぼたん》をつまさぐりかたらふひまも物をこそおもへ

北原白秋（「スバル」五号、明治四十二年）

「もののあはれ」と題された一連のなかの一首である。この前には「**牛乳《ミルク》すこし紅茶に落しつきほなく匙とりにしか胸はさわげど**」「**水《み》の面《も》ゆく櫂《かい》のふたつよほの青き銀の光の身に沁むゆふべ**」といった歌があり、またすぐあとには、「**かくまでも黒くかなしき色やあるわが歌女《うたひめ》の倦みつる瞳**」がある。

「銀」の食器を囲んだ会食の、最後のデザートの場面である。女性はどこか上の空で、黒曜石のボタンをまさぐっている。男はそれがはがゆくてならないが、といって為すすべもない。黒曜石の黒は女性の倦んだ瞳の色と重なって、男に「かくまでも黒くかなしき色やある」と嘆かせている。

掲出歌では、単に黒いボタンではなく、「黒曜の石」としたことで読者のイメージを大きくふくらませる。黒曜石といえば、濡れ濡れとした黒さと、火山岩特有のもろさが思われる一方で、割ると鋭い断面を持つことから、先史時代の石器の材料に多く用いられた石であることなどまでも思い出される。

この歌が発表された明治時代の終わりごろ、男性には洋装が見られるものの、女性のほとんどは和装であった。そんな時代に漆黒の瞳を持つ「歌女《うたひめ》」は、黒曜石のボタンを配した洋服を着こなし、男と差し向かいで洋食を楽しんでいる。内面の深くまでとらえきれない、若く美しい女性の象徴として、「黒曜の石」はあやしく光を返しているのだろう。

外界へ

先にあげた北原白秋の歌について、もう一点、注目しておきたいのが、「釦《ぼたん》をつまさぐり」という仕草から感じ取れるニュアンスである。女性はおそらく無意識のうちにボタンをいじっているのだろうが、男の目にはかすかな挑発と映っていないだろうか。

同じころの白秋に、次のような歌がある。

すつきりと筑前博多の帯をしめ忍び来し夜の白ゆりの花

北原白秋『桐の花』（大正二年）

あひびきの朝は博多の青縞の帯も冷たし君かへりゆく

北原白秋（「朱欒」一巻一号、明治四十四年）

女性を迎えた夜にも、また見送る朝にも、作者はその「帯」に心を通わせている。和装における帯は身体と外界との通路を開くための、あるいは閉じるための〈鍵〉である。日本人は長い間、着物に袖を通し、衿を深く打ち合わせ、帯を最後に〈鍵〉として締めることで身づくろいを整えてきた。

その後、日本人の衣生活が和装から洋装へと変化して、身体と外界との通路を開閉する〈鍵〉の役割は「帯」から「ボタン」に移っていったのである。

掲出歌において、「釦《ぼたん》をつまさぐ」る女性と「物をこそおもへ」と念じる男の間には、〈鍵〉をめぐっての思い、さらに言えば、水面下での心理的駆け引きが交錯していると読むこともできる。時代はずっと下るが、中城ふみ子は女性の視点からボタンにまつわる心情をこのように詠っている。

訪ひ来しひとのカフスボタンに触れて見つ我の何かが過剰なるとき

中城ふみ子『乳房喪失』（昭和二十九年）

ワイシャツの袖口を飾る「カフスボタン」に触れるという情景から、二人の関係の親密さが髣峻する。「我の何かが過剰なるとき」という下の句は、あまりにもストレートすぎるかもしれないが、作者の気持の昂ぶりをよく伝えてくる。

白秋の歌から約半世紀を経て、通路の〈鍵〉が女性側の手で開かれる時代が到来した。

家族

こんな愛らしいボタンもある。

何ゆゑのこのやさしさか道の釦《ぼたん》幼なの胸より落ちし紅釦《べにぼたん》

宮柊二『多く夜の歌』（昭和三十六年）

「何ゆゑのこのやさしさか」とは、思わず口からこぼれ出たような自然な上の句である。幼い女の子の胸もとを飾っていたボタンだ。こんなかわいらしいボタンを一つなくした子は、いまごろ困っているのではないだろうか。つい、そんなことまで心配してしまう親心もかいま見える。「この」という指し示しから、道に落ちている紅のボタンを拾って、やさしい感触をいとおしんでいる作者像が浮かぶ。

この時代は、ボタン一つといえども貴重なものだった。擦り切れて着られなくなった衣服を処分するときも、かならずボタンをはずし、次に何かに使うときまで取って置いたものだ。現代は安価な既製服が出回り、家で縫い物をすることもなくなってしまったが、私はいまだにボタンを取っておく習慣だけはやめられない。たまにボタンの箱を開いて、大きさも色合いもとりどりのそれらを眺めるのは、ひそやかな楽しみのうちである。

針箱に溜まりしボタン亡き父の制服の光るボタンも混る

大西民子『無数の耳』（昭和四十一年）

大西民子も針箱にボタンをためていたようだ。「制服の光るボタン」は金ボタンだろうか。ボタンから父の制服を、制服からなつかしい父を思って、しばし回想にふけっている。

ちぎれさうなボタンいぢめて今日も着る家族の群れより逃れ得ざれば

栗木京子『水惑星』（昭和五十九年）

親子といえども、家族といえども、もちろんなごやかな日々ばかり続かない。それでも、人は「家族の群れより逃れ得ざれば」、今日も「ちぎれさうなボタン」を留めるのである。「いぢめて」、さいなんでいるのは、ボタンになぞらえたやり場のない心だろう。

留める

清らかにボタンを留めるひとつまたひとつひとつを祈りのように

早坂類『風の吹く日にベランダにいる』（平成五年）

ボタンを留めることは新しい一日を始めることだ。もちろん、一日の終わりにパジャマのボタンを留めることもある。しかし、ここに詠われているように、「清らかに」、また「祈りのように」留めるのならば、どうしても朝である。

平安な一日、変化に富んだ一日、勝負を賭ける一日も、あるだろう。人は衣服をまとい、ボタンを留めることで、これから始まる、まだ経験していない新しい一日をスタートさせるのである。

そしてさらに、この一首から、母親が幼いわが子のボタンを、「ひとつひとつ」留めてゆく場面を思い描くこともできる。人は生まれ落ちた日に産着を着せられてから、柩に横たわる終のその日まで、一日も欠けることなく、衣服のお世話になり続ける運命にある。

そんなふうに考えてみると、平安を祈りながら幼い子どものボタンを「ひとつまたひとつひとつ」と留めてゆくのは、長い人生のスタートを祝福する、ささやかな、しかし厳粛な行事のように思えてくる。

10　衣桁と着物

うすき衣

衣桁《いかう》なるうすき衣に風の吹くこの間に隣《まとな》る優婆塞《うばそく》の経

與謝野晶子『春泥集』（明治四十四年）

この歌の初出は明治四十三年（一九一〇）十月の「太陽」誌上であり、同じ一連には、「**二十日ほど死ぬと歎きぬ彼《かれ》くろき瞳もて来てやらひぬ病**」「**君と居て十《と》とせ経《へ》ぬれど歌つきず常新《とこ》しきわが恋のため**」などの歌もあった。

年譜によれば、明治四十二年の三月、晶子は三男麟を出産するが、産後の肥立ちが悪く、しばらくを病の床で過ごしている。それにもかかわらず、翌四十三年の二月には三女佐保子を出産した。三十一歳の若さとはいえ、身体への負担はいかばかりであったろう。

晶子が麟を産んだ翌月、四十二年の四月十五日に、山川登美子は福井県小浜市の実家で二十九年の短い生涯を閉じている。三男と三女をたてつづけに出産した晶子と、その間の登美子の死……。與謝野寛と晶子と登美子、十年にわたる愛憎のこもごもを思わずにはいられない。

掲出歌の「うすき衣」は、羅や紗といった透けるような夏の着物である。衣桁に掛けられた様子はまことに心もとない、空蝉のようなはかなさだ。そんな「うすき衣」に風が吹き通っている。そして、隣の部屋にあるのは「優婆塞《うばそく》の経」、在家信者のために書かれた菩薩戒の説法書だという。悩み多きこの世を生きる日々、仏に救いを求めようとするのだろうか。

仏教にまつわる晶子の歌は枚挙にいとまがない。たとえば「**山ざくらやや永《なが》き日のひねもすを仏の帳《ちやう》の箔《はく》すりにけり**」（『夢之華』明治三十九年）では、山ざくらの散りゆくさまを寺の須弥壇の前に垂れている瓔珞《ようらく》の箔に見立て、「**経見れば紺紙《こんし》なりけりうばたまの黒髪に似ぬ色とし思ふ**」（同）では、若き女性の象徴とも言える黒髪に相対するものとして、お経の綴られた紺色の紙を配している。

晶子は信心深かった祖母の影響を受けて成長した。子ども時代を回想した随筆『私の生ひ立ち』（大正四年の「新少女」に連載された随筆をまとめたもの。刊行は平成二年）にこんな一節がある。「私の家ではお祖母《ばあ》さんが報恩講《ほうおんかう》と云ふ仏事を催して多勢の客を招いて居ました。私はそれを余所《よそ》にして踊の場へ行くのが厭《いや》だつたのでした。」踊りの会よりも、祖母の報恩講に心を寄せる少女であった。「**祖母君《おばぎみ》は昨日と今日と云ふごとく十《と》とせ十《と》とせに頬瘦《ほや》すとわびぬ**」（『夢之華』）と、老いゆく祖母をやさしく見守った歌もある。

「うすき衣」に風が吹き、彼我の境は軽々と越えられる。衣桁から襖一枚を隔てたそこはなつかしい人々の暮らす、やすらぎの世であったのかもしれない。「うすき衣」と「優婆塞《うばそく》の経」の取り合わせから思われるのは、人の世の無常ではないだろうか。

うら悲し

月日は流れ、四十代を迎えた晶子に次の歌がある。

うら悲し衣桁の衣《きぬ》をわがあらぬ日に人の見るごとくす病めば

与謝野晶子『太陽と薔薇』（大正十年）

衣桁に掛けられた着物を病床から見上げている場面である。心細さが伝わってくるが、初句の「うら悲し」はどうだろう。洋服の生活にすっかり慣れた現代の私たちには、ピンとこない感覚ではないだろうか。

幸田文の**小説『きもの』**（平成五年）に、主人公のるつ子が女学校に入学した直後、きものの指南役である祖母から次のような教えを受ける場面がある（第二次世界大戦前、昭和十年ころの設定である）。

「おばあさんは学校着と、うちで着るきものとを区別させた。必ず着かえろ、という。脱いだものは、必ず畳め、という。衣紋竹《えもんだけ》につるしておくのは、柳原みたいだ、と嫌がった。柳原とは町の名で、軒並に古着をつるして売っているという。第一、たたみ附けない着物は、肩山袖山の折目が崩れて、見苦しい。……」

柳原《やなぎわら》とは現代の東京都千代田区、神田川南岸の万世橋から浅草橋のあたりで、繊維の問屋街だが、かつては古着屋が軒を連ねていた。有名な江戸の古川柳に「ふんどしが頭巾に化ける柳原」がある。明治、大正を経て昭和に入ったるつ子の時代にも、掛けっぱなしの着物を「柳原みたいだ」という隠語が生きているのもおもしろい。

女学校から帰ったるつ子が祖母の言葉に従って、きびきびと身体を動かし、着物をきれいに畳む姿が見えるようだ。脱いだものをいつまでも吊るしておくのは行儀が悪いというのは現代にも通じる躾であり、女性としての、また人間としての慎みとも言える。

さらに、着物は平らに「たたみ付け」て、「折目」を立ててこそ美しいという確かな理由づけがあるため、祖母の言葉はとても説得力がある。畳んでできる肩山や袖山の折目を美しいものとして尊ぶのは、洋服では考えられない和服ならではの感覚だろう。

ここで一つ整理しておきたいのは、るつ子の「衣紋掛《えもんかけ》」（竹製のものを衣紋竹《えもんだけ》とも言った）と晶子の「衣桁」である。着物を掛ける、あるいは吊るす道具には、この二つがあった。「衣紋掛」は細い棒の中央に穴を開けて紐を通し、着物を掛けて吊る。洋服で言えばハンガーに当たる道具で、左右の袖を伸ばしてしっかり着物を広げる。日々の着脱の前後はもとより、虫干しのときなどにも活躍した。

一方、「衣桁」は着物をさっと掛けるための家具である。衝立式のものと、屏風のように中央で折れるものがあった。着付けの途中に着物を掛けておいたり、脱いだ着物を一時的に掛けて風を通したりするときに使われた。

だいぶ回り道をしたが、こうして見てくると、さきほどの晶子の歌の初句、「うら悲し」の意味がようやくのみこめる。

「衣桁の衣《きぬ》」とは、外出から帰って脱いだ着物をさっと衣桁に掛けたものだろう。畳んで箪笥にしまおうと思いながら、心ならずも病の床についてしまった。病床から「衣桁の衣《きぬ》」を見上げていると、もしこのまま私が死んだら人はどう見るかしら……と、そんなことまで考えてしまう。気になりながら、為す術のないつらさ、くやしさ、心もとなさ、そうした思いが初句の「うら悲し」なのであり、その背景には、幼いころから身につけてきたたしなみや、着物ならではの美意識が存在するのである。

春の夜

するくと衣桁の衣の於(お)ちて又もとの沈黙《しじま》にかへる春の夜

九條武子『金鈴』（大正九年）

與謝野晶子と同じ時代を生きた歌人九條武子の歌である。衣桁に掛けておいた着物がなにかの拍子にするすると落ちてしまった。ときはあたかも春の夜、**藤原定家**の代表歌「**春の夜の夢の浮橋とだえして峰に別るる横雲の空**」が思い出される。峰から離れてゆく横雲に、衣桁から落ちる衣を重ねてみたくなる。

衣桁は部屋の隅にしつらえられている。漆塗りで、色は朱色もありうるが、武子の部屋であれば、おそらく黒か焦茶だろう。春の夜の闇に沈みそうで沈まず、静かな存在感をもってたたずんでいる。その風情から思い起こされるのは、**谷崎潤一郎**の『**陰翳礼讃**』（昭和八年）の世界ではないだろうか。谷崎は漆器と闇との関係について、次のように書いている。

「「闇」を条件に入れなければ漆器の美しさは考へられないと云つてい丶。（中略）昔からある漆器の肌は、黒か、茶か、赤であつて、それは幾重もの「闇」が堆積した色であり、周囲を包む暗黒の中から必然的に生れ出たもの丶やうに思へる。」

また、谷崎はこうも書く。

「美と云ふものは常に生活の実際から発達するもので、暗い部屋に住むことを余儀なくされたわれ〳〵の先祖は、いつしか陰翳のうちに美を発見し、やがては美の目的に添ふやうに陰翳を利用するに至つた。」

大正時代の夜の部屋、暗い部屋の隅に置かれた衣桁は、着物を掛けられて、その存在を隠している。そこへするすると着物が落ちて、思いがけずあらわになったのが漆塗りの衣桁である。着物は縮緬だろうか、綸子だろうか。その襞に深められていた陰影は、一瞬の動きののち、漆の肌に幾重にも堆積した春の「闇」へと首座をゆずる。

夜の部屋のひと隅で誰にも知られぬまま圧倒的な美のひらめきが移ろい、「又もとの沈黙《しじま》にかへ」る。そこに、この歌の作者、武子の美しい姿を重ねてしまうのは深読みにすぎるだろうか。

武子の夫である九條良致男爵が横浜正金銀行のロンドン支店勤務となって、十余年の月日が流れていた。掲出歌は夫の帰国を待ちわびる日々の中で詠まれた一首である。希望を諦観でくるんだような、「又もとの沈黙《しじま》にかへる」という表現に、孤閨を守る武子の心情がこめられているようだ。

月に干す

九條武子の時代から半世紀を経た昭和の半ば、安永蕗子に次の一首がある。

常ならぬ我が行ひの鮮しく月に干しゆく薄き単衣を

安永蕗子『草炎』（昭和四十五年）

何かしら常とは違う一日を終えた夜の部屋である。心の昂ぶりを鎮められぬままに帯を解き、するりと肩から落とした単衣の着物を陰干しをして息を抜くべく衣桁に掛けてみれば、うっすらとした地紋に月の光が透け、今日の「我が行ひ」を浄化してくれるようだ。

衣服は人が装うためのものだが、古来、日本人は〝花見小袖〟や〝誰が袖屏風〟のように、身体から離れた着物を折にふれて愛でてきた。衣桁に掛けられた着物には、人の心の深きを見つめ、なぐさめる力があるのではないだろうか。

11　吊られた服

分身

ぬぎし服ぞろりと垂るる衣紋掛わが現状はかくの如きか

宮柊二『緑金の森』（昭和六十一年）

宮柊二は昭和六十一年（一九八六）の十二月に七十四年の生涯を閉じたが、亡くなる半年ほど前、英子夫人の協力のもと、『緑金の森』『純黄』『白秋陶像』という三冊の歌集を出版している。掲出歌はそのうちの一冊、『緑金の森』に収録された一首である。

作品の制作年代は昭和五十三年（一九七八）から五十五年、英子夫人は「あとがき」で、当時の柊二について、次のように書いている。

「糖尿病の悪化につれて関節リウマチの痛み、脳血栓による嚥下困難や歩行不自由などに耐えねばなりませんでした。」

掲出歌と同じ一連には、「独力で入浴がしがたければ」という詞書を添えた、「**はづかしき思ひ**

もあれど下着脱ぎ真裸《まはだか》なるを妻にぞさらす」や「祖父《そふ》われの口の利《き》けぬをいぶかるか幼子じつと見つめつつ待つ」「腕と足目と歯と咽喉《のみど》すべてかく不自由に堕つ老人我は」といった歌があり、読むほどに心が痛む。

掲出歌に戻ってみると、「ぬぎし服ぞろりと垂るる衣紋掛」という上句の景は、一読、読者の目にありありと思い浮かぶ。「ぞろりと垂るる」のは、コートや背広といった固い服ではなく、シャツやニットなどのやわらかい服だろう。その情けないような風情にみずからを重ね、病の床からむなしく眺めている作者の嘆きが、「わが現状はかくの如きか」という下句にストレートに表現された。

この歌から思い出されるのは、晩年の柊二の代表歌のひとつ、「頭《づ》を垂れて孤独に部屋にひとりゐるあの年寄りは宮柊二なり」（『緑金の森』）である。痩せた肩から重い頭をがくりと垂れて、孤独と向き合っている柊二の姿、それは脱いだ服をぞろりと垂らした衣紋掛（ハンガー）に重ねることができるだろう。

こうした感覚は、大西民子の次の歌に通じるものがある。

落体となりゆくわが身思ふまで壁に吊られてゆがめるコート
大西民子『不文の掟』（昭和三十五年）

無造作に吊られたコートである。「吊られてゆがめる」のは、ハンガーではなく、梁のフックに直接掛かっているせいかもしれない。襟を頂点として、肩も袖もだらりと下がったコートは、縊死の姿をも彷彿させる。そこに作者は、「落体となりゆくわが身」を思わずにはいられない。

この歌が収録されている『不文の掟』を読んでいると、〝落ちてゆくもの〟に、みずからの心情を重ねた歌が多い。巻頭三首目の「**たどきなく耳を澄ませば身もだえて落葉《らくえふ》を急ぐ木々と思ほゆ**」に始まって、「**去年《こぞ》よりは心落ちゐるわれと思ひ父の忌の夜の夕餉に向ふ**」や、「**落飾し終れる古き物語きりきりと堪へてゐる日々に恋ふ**」などである。これらの歌を経て、一巻の終わり近くに出会うのが、掲出歌であった。

こうして読み進んでくると、「落体となりゆくわが身」も単に重力のままに落ちてゆくのではない。「落葉《らくえふ》」の、「心落ち」の、「落飾し」の、とさまざまな「落」のイメージをまといつつ、「身もだえ」しながら、また、現実の厳しさに「きりきりと堪へ」ながら、この世の果てまでも落ちに落ちてゆくかのような、はかない女身を思わずにはいられない。

一方、高瀬一誌に、吊られる前の衣服に焦点を当てた歌がある。

吊るす前からさみしきかたちになるなよおまえトレンチコート

高瀬一誌『レセプション』（平成元年）

家に帰って、コートを脱ぎ、ハンガーに「吊るす前」、つまり脱いだ途端にコートは腕のなかにくたくたとなじんでしまったようだ。長い間、愛用し、だいぶ年季の入ったコートが思い浮かぶ。作者はそんなコートをもう一人の自分のように、あるいは大切な同志のように、いとおしみ、語りかけずにはいられない。

トレンチコートの起源は第一次世界大戦時のイギリス軍の防寒用コートで、現代でも、張りのあるギャバジンやウールの生地でかっちりと仕立てられている。そんなコートであればなおさら、古びたときの哀しさ、情けなさはいや増すだろう。

「吊るす前からさみしきかたちになるなよ」ということは、吊るしたあとでさみしい形になるのはしかたがないが……、という気持である。壁に下がったコートにつねづね高瀬が見ていたのは、大西民子の見た「落体となりゆくわが身」に共通する、みずからの分身だったのではないだろうか。

心

梁に吊る白きコートに月射して内なる深き脹らみを見す

栗木京子『水惑星』（昭和五十九年）

明日の朝、冬の街へと踏み出してゆくためにまとう白いコートが部屋の梁に吊られている。ハンガーに掛けられたコートの肩のなだらかな線は、まろまろとした胴へと続き、そのまま人の姿を表わしている。

妖しくも美しい月の光に照らされて、白いコートの内側に見える「深き脹らみ」である。それは、いま、満ちる闇であるばかりか、いずれそこを満たす人の身体に宿る心でもあるだろう。

肩の高さひどく違へてつるされたトレンチコートの抱いてゐる熱

井辻朱美『水晶散歩』（平成十三年）

栗木のコートは行儀よく吊られていたが、井辻のコートは蓮っ葉で、生ま生ましい。前後の歌からすると、舞台はパリ、旅先の瀟洒なホテルの一室などを想像してみてもよいが、それはいずこでもかまわない。息せき切って帰った部屋で、わっと脱がれたトレンチコートは、「肩の高さひどく違へてつるされた」まま、形を整えられない。

そのようなコートの「抱いてゐる熱」には、いましがたまでそれを着ていた者の体温のみならず、おさえがたい心の昂ぶりまでもが感じられる。〝ぬくもり〟というようなやさしい温度ではない。「熱」なのだ。心のなかの「熱」の正体は、弾ける喜びか、灼熱の恋心か、煮えくり返る怒りか、それとも張り裂ける悲しみだろうか。

熱を抱いたコートがある一方で、夜の闇に沈んで冷えきった、次のようなコートもある。

吊りてあるコートに触れぬひとを抱いて来たかも知れぬ夜のコートに

佐伯裕子『春の旋律』（昭和六十年）

歌集のなかで、右の歌は、「**ゆきずりのさみしがり屋が添寝するひと夜と思え君を欲りつつ**」に続いている。指先に触れた、ひんやりとした布の感触が伝わってくる。コートをまとっていた人に聞けばはっきりすることが、どうしても尋ねられない。あいまいにしておくことのつらさと真実を知る怖さ、両者のはざまで悩む主体は、ただ黙って、「吊りてあるコート」に触れるばかりだ。

灯を落とした夜の部屋に吊られているコートは、すでに冷え冷えとして、何も語ろうとはしていないのだろうか。

時間

ハンガーにズボン吊りおるその背後　まこと「時間」はかがやきて過ぐ

『村木道彦歌集』「未刊歌集」（昭和五十四年）

シャツ干すとしぼらざるまま懸けたればキラキラキラとしたたるか「時」は

同『存在の夏』（平成二十年）

右の一首目は、村木道彦が第一歌集『天唇』（昭和四十九年）を刊行したあと、昭和五十二年（一九七七）に短歌創作をいったん休止するまでの間に詠まれた作であり、二首目はそれから三十年後、作者五十代の作である。

脱いだズボンをハンガーに吊るす。それを洋服ダンスにしまうのではなく、さっと長押《なげし》に掛けた、というところだろう。一日の活動を終えたズボンはいまだに熱を帯び、それを発散させながら一日分の記憶をなぞっているようだ。二十代の青年の前途は洋々として、「時間」は輝きながら過ぎてゆく。

学生時代の村木には、「**高一と高二の出逢いかずしれずズボンのおりめスカートのひだ**」という歌もあった。なんと清潔で、初々しい相聞だろう。若い男女のプラトニックラブの象徴が、きっちりと折り目のついたズボンであり、プリーツの美しいスカートなのだ。

掲出歌に戻ると、二首目の歌でハンガーに掛けられたのはシャツである。おそらく洗濯後の皺をきらったためだろう、ほとんど絞らずに掛けたためにしたたる水、それを「時」に見立てている。一首目では何の疑いもなかった「時間」の輝きが、三十年を経た二首目では「キラキラとしたたるか」と疑問形になったのだ。いまだにキラキラとしているか、あるいはもう……、という疑問には、作者の三十年が、逃れようのない老いの意識が、込められている。

同じ『存在の夏』には、このような歌もある。

脱ぐために穿《は》き穿くために脱ぐズボン日ごと夜ごとに積む「時」の嵩《かさ》

村木道彦『存在の夏』

村木にとって、ズボンを着脱することは、一日分の時を重ねることであり、それは、日々刻々と年齢を積むことでもある。

他界

河野愛子に、次のような挽歌がある。

空蟬の人の背広を吊す軒天はとどかぬ春夕つ方

河野愛子『魚文光』（昭和四十七年）

「いかなれば人は」と題された弟を悼む一連には、「**四十代いかにおのれは春の夜のみ骨となりし弟の前**」「**壮夫《さかりを》のみ骨を重く抱きにけりかなしさや春の山枯れてあり**」といった歌が続く。

掲出歌において、吊るされた「背広」は、亡き人の遺品、生前に愛用していた一着だろう。命の宿る身体があってこそ、袖を通せる背広である。それを、「空蟬の人の背広」と言うことで、人の命のはかなさが際立って表現された。

同じ歌集に、「**わが天はかすみて見えずおとろへぬ天の人こそ恋しかりけれ**」という歌もあるように、河野にとっての「天」は、亡き人が在りし日のまま、すこやかに暮らす場所である。

春の夕暮れ、背広は軒に吊るされて、あるかなきかの風にそよりそよりと揺れている。小暗い室内から見上げている背広のむこうには、はるかにとどかぬ天がどこまでも広がっている。吊るされた背広を通して、天に召された弟とひととき心を交わして……。

くつしたを微風に吊しまどろめり流れやまずもうすきくつした

葛原妙子『朱霊』（昭和四十五年）

「黒聖母」と題する一連六首、「**めのまへにちかづくわが子の足小さし顔小さしふかき手提を下げたり**」に始まり、「**かたはらを過ぎゆく汝《なれ》が大き手提、手提の陰に汝は失せながら**」と詠われ、その後、スペインのカタルニアにある顔面真っ黒の聖母像が登場する。掲出歌は「**上膊より欠けたる聖母みどりごを抱《いだ》かず星の夜をいただかず**」に続く六首目である。

薄い靴下が微風に吹かれ、音もなくそよいでいる間、主体は夢の入口を行きつ戻りつしながら、気持よくまどろんでいる。ふと気がつけば、幼子は手提げの陰から現われて、ふたたびほほえみを取り戻し、カタルニアの聖母はやさしくもたくましい二本の腕で、しっかりとわが子を抱いている……。そんなはるかな他界へ、かろがろと導かれて行くのである。

今生の軒に吊るされた「うすきくつした」が微風に流れるとき、他界への通路が静かに開かれる。

12　革ジャン

けものの香

梅内美華子の第一歌集『横断歩道《ゼブラ・ゾーン》』（平成六年）は著者が二十四歳のときに出版された。このなかに次の一首がある。

珈琲館出て羽織りたる革ジャンの黒きけものの香に捕われぬ

梅内美華子『横断歩道《ゼブラ・ゾーン》』（平成六年）

若い女性が珈琲館を出て、革のジャンパーを羽織るやいなや、「黒きけものの香に捕われ」たという。珈琲館に満ちていたコーヒーの香を一瞬で突き破るような「黒きけものの香」である。生きた獣が女性の肩にまとわりついたような印象だ。鋭い嗅覚に浮かびあがるセクシュアルな一首である。

「黒きけものの香」を放つ革ジャンといえば、着古したものではない。袖を通すたびに匂い立つ、いまだ新しい革である。身体の線に添ったしなやかなジャンパーが思い浮かぶ。それを受けた結句で、「捕われぬ」と言う。ここでつかまえられたら、二度と逃れられないのだ。「革ジャンの黒きけものの香」に象徴されるものは、二十代前半の女性の心に宿る、人や思想や生き方であると同時に、焦りや迷いといった揺れ動く感情であるかもしれない。

革ジャンが硬くて君に届かない　二段とばしにのぼる階段

江戸雪『百合オイル』（平成九年）

こちらの革ジャンは「硬い」、そのために「君に届かない」と言う。手を伸ばしても、先を行く君の背に届かない。それは、言い替えれば、思っても思っても届かない心なのだろう。階段を「二段とばし」にのぼる姿から、必死さが伝わってくる。「革ジャンが硬くて」という言い訳めいた初句が切ない。

十八歳

江戸雪の『百合オイル』と同じ平成九年（一九九七）に出版されたのが、河野裕子の『体力』であった。そのなかに、母の立場から息子の革ジャンパーを見つめた次のような歌がある。

革ジャンパーの裡《うち》に鋼《はがね》の匂ひして十八歳とふはこんなに寡黙

裏布はどんぐり色なり革ジャンパー椅子の背にかけ彼奴《あいつ》はどこに　河野裕子『体力』（平成九年）（同）

革ジャンパーの裡《うち》に鋼《はがね》のごとくあり十八歳とふはまづ母を拒みて　（同）

一首目と二首目は同じ連に、三首目は別の連に収められている。

初めの二首は「椅子の背にかけ」られた革ジャンパーである。それをまとっていた息子は鋼《はがね》の匂いを残してどこに行ったのか、いまは姿が見えない。一首目の「こんなに寡黙」とは、めっきり口数の少なくなった息子に対する母の嘆息がそのまま言葉になったような結句である。二首目で、革ジャンパーの裏布を形容した「どんぐり色」という幼くもなつかしい表現からは、まだまだ内面は子どもなのに……、という思いとともに、いつまでも子どもの部分を残していてほしいという母親らしい願望も読み取ることができる。

三首目は、「匂ひ」ばかりではなく、「鋼《はがね》のごとく」存在する「十八歳」である。それが、「まづ母を拒」むのだ。同じ歌集には、「**この子らに若き母なりしかの日には子の背にかがみボタンとめやりし**」というほほえましい歌もあった。いつくしんで育ててきた子どもは成長し、母を越えようとしている。理屈では肯定しながら、さびしくてならない。他者を拒むような「革ジャンパー」の存在感が十八歳の息子の心情をよく表わしている。

それから、ひとつ注目しておきたいのは、「革ジャンパー」と、それを略した「革ジャン」という呼称の使われ方である。河野は、初句を「革ジャンの」とすれば定型におさまるところ、あえて七音にしてまで「革ジャンパーの」としている。河野の「革ジャンパー」は、先に引用した梅内美華子と江戸雪の歌では、どちらも「革ジャン」であった。

昭和四十五年（一九七〇）生まれの梅内と、四十一年（一九六六）生まれの江戸にとって、革のジャンパーはみずからも袖を通す馴染み深い衣服であることから、気軽に「革ジャン」と呼んでいる。

一方、河野は昭和二十一年（一九四六）生まれ、梅内や江戸の母親世代である。そんな河野にとっての革は、おそらくコートや手袋として身に着ける素材であり、革のジャンパーは息子の着るものなのだ。それゆえ、「革ジャン」と親しく呼ぶ習慣はなく、あくまでも「革ジャンパー」なのだろう。

昭和のおしゃれ

昭和の日本に革のジャンパーが出回ったのは、第二次世界大戦後のアメリカ軍の払い下げ品からである。一方、バイクマニアの間では、革製のジャケットやツナギが国産のオーダー品として、一部の専門店で扱われていた。

昭和三十年代になると、暴走族の前身である〝カミナリ族〟のライダーズジャケットや、当時一世を風靡した〝ロックンローラー〟の装いから、革ジャンパー・革ジャンの若者への流行が広がってゆく。

まさにこの時代の歌集、平井弘の『顔をあげる』（昭和三十六年）に次のような歌がある。

革ジャンパー日翳に干せり傍らにどくだみの花こぼるる暗さ
平井弘『顔をあげる』（昭和三十六年）

脱いだ革ジャンパーを、「日翳に干」すという、いかにも大切にしている様子が伝わってくる。欲しかった一着をようやく手に入れた、というところかもしれない。「革」、「日翳」から「暗さ」へと連なる〝黒〟のイメージと、「どくだみの花」の〝白〟との対比が鮮やかだ。憂いに満ちた青春真っただなかの「革ジャンパー」である。

平井が大切に扱っていた革ジャンパーは、その後、若者の日常的なファッションとして定着していった。

昭和四十四年（一九六九）の芥川賞受賞作である、庄司薫の『赤頭巾ちゃん気をつけて』に次のような場面がある。

主人公の薫は、学生運動のために東大入試が流れてしまった不運な都立日比谷高校の三年生である。左足親指の生爪を剝がすという、さらなる不運に見舞われながら、彼女とのテニスの約束があるので、どうしてもコートまで行こうとしている。

「ぼくは十秒間ほど、それこそぼくの灰色の脳細胞をふりしぼったあげく、最善の方法として、古い大きなゴム長靴をはいて自転車に乗っていくことに決めた。ぼくはたまたま黒いセーターに黒いGパンをはいていたから、そこに大急ぎで黒い革のジャンパーをひっかけ、大きなゴム長靴を着用した姿は、なにも鉢巻をするまでもなく魚河岸の若い衆といった感じだったにちがいない。」

主人公は成績優秀で、何不自由なく育った典型的な都会の男の子である。そんな高校三年生にとって、〝黒いセーターに、黒いGパンに、黒い革のジャンパー〟という組み合わせは、まさにふだん着である。そして、それに大きなゴム長靴を加えれば、そのまま魚河岸の若い衆の装いにもなってしまうというのだ。

庄司薫が芥川賞を受賞した翌年、昭和四十五年（一九七〇）には、藤圭子の「圭子の夢は夜ひらく」という演歌が大ヒットした。そのシングルレコードのB面に収められ、のちに多くの歌手に歌われたのが、**石坂まさを作詞**の「**東京流れもの**」である。「**男一匹／革ジャンに／飾りましょうか／白い花**」、世間の裏街道を義理と人情に生きる男の「革ジャン」である。

高校生にも、魚河岸の若い衆にも、ヤクザ者にも……、この時代、「黒い革のジャンパー」がいかに幅広い層に着られ、市民権を得ていたかがよくわかる。それは、着る人によって、着られる場によって、じつにさまざまな表情を見せていた。

『赤頭巾ちゃん気をつけて』に戻ってみると、もう一か所、興味深い描写がある。小説の冒頭近く、主人公が、左足親指の生爪を剝がしてしまった痛みと不自由さを嘆く場面である。

「去年の暮、真白なスエードでジャンパーを作った友達が、一日で真黒になった肩や袖口を眺めてつくづく言っていた。「おい、人間てのは、実によくあちこちぶつかりながら生きてるもんだなあ。」足の親指となるとこれはもう感心しているひまもない。とにかく何をやっても、どういうかっこうをしても、必ずどこかへぶつかるべく紙一重のところに運命的に位置しているのが足の親指というやつなのだから。……」

足の親指がいかにあちこちにぶつかりやすいものか、それを導く話として友達の体験が綴られる。「スエード」は牛などの皮の内側（裏側）を毛羽立て、起毛させたものだ。靴や手袋にもよく使われる素材である。

主人公の友達といえば、おそらく同級生の高校三年生だろう。そのジャンパーが「真白なスエード」で、しかも、「作った」というからには、既製品を買ったのではなく、オーダーで注文したのである。一介の男子高校生にして、なんと大胆で、贅沢なことだろう。

このエピソードから、主人公を含め、彼をとりまく人々の生活スタイルや水準がおのずと読者に伝わってくる。「真白なスエードのジャンパー」も、当時の若者に支持されていた「革ジャンパー」の、おしゃれな変則版と言えるだろう。

祈り

昭和の終わり近くに出版された俵万智の『サラダ記念日』（昭和六十二年）に次のような歌がある。

革ジャンにバイクの君を騎士として迎えるために夕焼けろ空

俵万智『サラダ記念日』（昭和六十二年）

「騎士」としての「革ジャンにバイク」といえば、ハーレー・ダビッドソンが思い浮かぶ。現実には、ここに詠われた若い「君」のバイクはホンダやヤマハのそれかもしれない。それでも、黒の革ジャンに身を包み、颯爽と走ってくる恋人の姿はまごうかたなき「騎士」なのだ。この映像を完璧なものとするために、空に向かって、「夕焼けろ」と言う。若い女性のまっすぐな恋心が命令形に端的に表われている。

ナマモノの鮮度といへば無頼なりゆけ革ジャンの胸をはだけて

村木道彦『存在の夏』（平成二十年）

『存在の夏』（平成二十年）は、村木道彦が第一歌集『天唇』（昭和四十九年）から三十四年の歳月を経て世に問うた第二歌集である。掲出歌は、「天空の図―2005年6月」と題された一連に収められている。

この歌の前には、「**率直にいへば老いとはおのづからほどけてしまふまでの歳月**」「**夜の空を啼きつつわたる一羽ゐていかなるひと日この鳥はもつ**」があり、すぐあとには、「**量ること量らる**

ることあきなひはさびしくあらむ食肉市場」が続いている。

先に引用した『顔をあげる』の平井弘は昭和十一年（一九三六）生まれであったが、村木道彦も平井とほぼ同世代の昭和十七年（一九四二）生まれである。そうしてみると、村木も、かつての平井のように、革のジャンパーを大切に着て、陰干しにした若者だったかもしれない。

そんな村木も、『存在の夏』では、「おのづからほどけてしまふまでの歳月」を経て、「老い」を詠うようになった。夜空を渡りゆく鳥の声に耳を澄ませ、食肉市場を通るときも、量り量られる淋しさに思いをいたすのだ。

掲出歌の「ナマモノ」は「食肉市場」につながるイメージでありつつ、生きる命そのものとしての村木自身のことでもあるだろう。まだまだ「ほどけて」しまいたくはない。あくまでも「鮮度」を保つ自分でありたい、「無頼」であり続けたいのだ。

「ゆけ革ジャンの胸をはだけて」と、革ジャンに託された村木の命令形は、壮年の男のみずからへのエールであり、言挙げであると同時に、祈りでもあるだろう。

あとがき

私の所属する短歌結社「熾」の機関誌「熾」誌上に、エッセイ「衣服の歌」を初めて掲載していただいたのは、平成十七年（二〇〇五）の一月号でした。代表の沖ななも先生は、衣服と歌の接点を追ってみたいと、それまで折々に思っていた私のまとまらない考えをお聞きになると、まず手始めに「熾」の研究集会での口頭発表の機会を与えてくださったのでした。そして、それを文章にまとめることを懇切に勧めてくださいました。それが、「衣服の歌」の第一回になりました。

以来、沖先生は、書けるときに書くこと、とにかく続けて書くことと、ともすれば怠けがちな私を励ましてくださり、貴重な「熾」誌の誌面を私のつたないエッセイに提供しつづけてくださいました。沖先生の十年にわたるお導きがなければ、私は現在に辿り着いてはいませんでした。心より、深く御礼を申し上げます。

私と衣服との出会いは、着るものが好き、という軽い気持で入った大学の被服学科で、「服装文化史Ⅰ・Ⅱ（日本と西洋）」と「服飾美学」を受講したことでした。装う心をひもといてゆく楽しさと文章を綴る喜びを知りました。

その後も、長くご指導くださった、佐々井啓先生と菅原珠子先生のお二人に、この場をお借りして、あらためて御礼を申し上げます。

そして、短歌と出会い、歌を《詠むこと》と同時に、《読むこと》を始めました。図書館から『定本與謝野晶子全集』を借りて、ノートに晶子の歌を写しとっていると、「衣服の歌」がとめどなく出てきたこと……、あの新鮮な驚きをいまでも忘れてはいません。

以来、個性豊かな歌人の歌集を読んでは、「衣服の歌」をノートに記すことが習いとなりました。さまざまな歌人が、それぞれの時代に、いかなる心で、何を、どのように装い、短歌という日々の生活に密着した、きわめて身近な文芸に、いかに表現してきたのだろうかと、私の、衣服と歌との接点を探る楽しさは尽きることがありませんでした。


このたび、これまでほそぼそと書き継いでまいりました「衣服の歌」を、「熾」誌と北冬舎の機関誌「北冬」掲載分を合わせて、一冊の本にしていただくことになりました。加えて、北冬舎の独特なシリーズ「《主題》で楽しむ100年の短歌」に収めていただけるとのことで、望外の幸せとなりました。

最後になりましたが、引用の資料の照合から「索引」の校訂まで、そのお仕事を完遂してくださいました尾澤孝様、また美しい装丁をしてくださった大原信泉様、ありがとうございました。

そして、北冬舎の柳下和久様は「熾」誌掲載の拙文を辛抱強く読みつづけてくださり、つねに適切なご助言をくださいました。このたびの出版にあたりましても、そのすべてをお世話くださいました。心から御礼を申し上げます。

古代から現代にいたるまで、いつの時代も、ひとは装い、装う心を詠いつづけてきました。私はこれからも素敵な「衣服の歌」と出会い、たくさんの装う心をひもとき、綴っていくことができればと思っています。

これまでお世話になりましたすべての方々に感謝を申し上げます。

二〇一五年三月九日

大久保春乃

歌人名索引（五十音順・数字はページ）

〈あ行〉
石川啄木｜いしかわたくぼく｜025, 141〜142, 148〜149, 158〜159, 164, 167〜169, 171, 172, 179, 187〜189
石原純｜いしはらじゅん｜049
井辻朱美｜いつじあけみ｜235
伊藤左千夫｜いとうさちお｜206
井上通泰｜いのうえみちやす｜206
梅内美華子｜うめないみかこ｜155〜156, 240〜241, 243
江戸雪｜えどゆき｜241, 243
大河原惇行｜おおがわらよしゆき｜192
大口鯛二(周魚)｜おおぐちたいじ(しゅうぎょ)｜206
大西民子｜おおにしたみこ｜180, 222, 232〜234
岡野直七郎｜おかのなおしちろう｜101, 105
岡本(大貫)かの子｜おかもと(おおぬき)かのこ｜「第二章」077〜137, 159
尾崎左永子｜おざきさえこ｜104〜105
尾上柴舟｜おのえさいしゅう｜093, 097, 147, 151, 152
小野茂樹｜おのしげき｜176〜177
〈か行〉
賀古鶴所｜かこつるど｜205
片山廣子｜かたやまひろこ｜152
勝本富子｜かつもととみこ｜099〜100
金子薫園｜かねこくんえん｜164〜165
川田順｜かわだじゅん｜013〜014
河野裕子｜かわのゆうこ｜241〜243
岸上大作｜きしがみだいさく｜153〜155, 202〜204
北原白秋｜きたはらはくしゅう｜018, 081, 095, 147, 148, 162, 200〜201, 218〜220
木下杢太郎(太田正雄)｜きのしたもくたろう(おおたまさお)｜018
清原元輔｜きよはらのもとすけ｜209〜210
九條武子｜くじょうたけこ｜228〜230
葛原妙子｜くずはらたえこ｜172〜173, 239
栗木京子｜くりききょうこ｜156〜157, 222, 234〜235
古泉千樫｜こいずみちかし｜178〜179
小出粲｜こいでつばら｜205
河野愛子｜こうのあいこ｜193〜195, 238〜239
小金井きみ子(喜美子)｜こがねいきみこ｜027〜028
小松原暁子｜こまつばらあきこ｜098〜099
〈さ行〉
斎藤茂吉｜さいとうもきち｜189〜190
佐伯裕子｜さえきゆうこ｜235〜236
坂本禎子｜さかもとさだこ｜099〜100
佐佐木信綱｜ささきのぶつな｜198〜

199, 206, 208～209
佐佐木幸綱―ささきゆきつな―154～155
笹原玉子―ささはらたまこ―217～218
持統天皇―じとうてんのう―055
島木赤彦―しまきあかひこ―027
水門規矩子―すいもんきくこ―098～099
杉浦翠子―すぎうらすいこ―077, 079, 086, 135, 166

〈た行〉
田井安曇―たいあずみ―191～192
高島裕―たかしまゆたか―195
高瀬一誌―たかせかずし―193, 233～234
高野公彦―たかのきみひこ―183
橘樹千代瀬―たちばなちよせ―100～102
俵万智―たわらまち―246～247
塚本邦雄―つかもとくにお―173
寺山修司―てらやましゅうじ―025
土岐哀果―ときあいか―145～146, 150～151, 171, 201～203

〈な行〉
永井陽子―ながいようこ―192
長岡とみ子―ながおかとみこ―099～100
中城ふみ子―なかじょうふみこ―157, 183～184, 220～221
新堀亀子―にいほり(しんぼり)かめこ―100～101
額田王―ぬかたのおおきみ―207

〈は行〉
浜田到―はまだいたる―172～173
早坂類―はやさかるい―223
原阿佐緒―はらあさお―169～171, 181～182
東直子―ひがしなおこ―193
平井弘―ひらいひろし―244, 248
平野萬里―ひらのばんり―018, 028
福島泰樹―ふくしまやすき―153～154
藤原定家―ふじわらていか―228

〈ま行〉
前田夕暮―まえだゆうぐれ―062, 101, 142～143, 158～159, 165～166
正井雪枝―まさいゆきえ―098～099
正岡子規―まさおかしき―199
正宗敦夫―まさむねあつお―109
増田(茅野)まさ子(雅子)―ますだ(ちの)まさこ―014
三ヶ島葭子―みかじまよしこ―098～099
宮英子―みやえいこ―231
宮柊二―みやしゅうじ―184～186, 190～191, 221, 231～232
村木道彦―むらきみちひこ―236～238, 247～248
森鷗外―もりおうがい―027～029, 031, 066, 160, 205～206

〈や行〉
安永蕗子―やすながふきこ―176, 186, 230
柳原燁子(白蓮)―やなぎわらあきこ(びゃくれん)―108～109

山川登美子｜やまかわとみこ｜014, 032, 210〜212, 224〜225
山本茂登子｜やまもともとこ｜100〜102
與謝野晶子｜よさのあきこ｜「第一章」011〜074, 084〜085, 109, 169〜170, 173〜175, 197〜198, 207〜208, 210〜213, 224〜228
與謝野鉄幹(寛)｜よさのてっかん(ひろし)｜018〜021, 026〜028, 032〜034, 036, 040〜041, 058, 061, 067, 068, 097, 109, 149〜150, 174〜175, 181, 197〜199, 201, 206, 210, 225
吉井勇｜よしいいさむ｜018〜019

〈わ行〉

若山喜志子｜わかやまきしこ｜081, 095
若山牧水｜わかやまぼくすい｜164〜165

歌集名索引（五十音順・数字はページ）

〈あ行〉

『相聞《あいぎこえ》』與謝野寛（明治43年）―018～019, 058, 149～150, 181, 201

『靉日《あいじつ》』石原純（大正11年）―049

『愛のなやみ』岡本かの子（大正7年）―102, 107～108, 111, 114, 118～119, 121, 159

『晶子新集』與謝野晶子（大正6年）―047～048, 073

『旧制度《アンシャン・レジーム》』高島裕（平成11年）―195

『生くる日に』前田夕暮（大正3年）―165～166

『意志表示』岸上大作（昭和36年）―153, 203～204

『一握の砂』石川啄木（明治43年）―025, 148～149, 158～159, 164, 167～169, 171, 172, 179, 187～189

『無花果』若山喜志子（大正4年）―081, 095

『うた日記』森鷗外（明治40年）―028～029

『遠遊』斎藤茂吉（昭和22年）―189～190

『多く夜の歌』宮柊二（昭和36年）―221

『思草』佐佐木信綱（明治36年）―198～199

〈か行〉

『顔をあげる』平井弘（昭和36年）―244, 248

『架橋』浜田到（昭和44年）―172～173

『風の吹く日にベランダにいる』早坂類（平成5年）―223

『悲しき玩具』石川啄木（明治45年）―141～142, 171

『鴉と雨』與謝野寛（大正4年）―175

『かろきねたみ』岡本かの子（大正元年）―085, 092～093, 107

『翡翠《かわせみ》』片山廣子（大正5年）―152

『寒紅集』杉浦翠子（大正6年）―166

『技藝天』川田順（昭和4年）―013

『岸上大作歌集』（昭和32年）―203

『木や旗や魚らの夜に歌った歌』田井安曇（昭和49年）―191～192

『魚愁』安永蕗子（昭和37年）―186

『魚文光』河野愛子（昭和47年）―193～195, 238～239

『綺羅』栗木京子（平成6年）―156～157

『雲母《きらら》集』北原白秋（大正4年）―162

『桐の花』北原白秋（大正2年）―081, 095, 147, 162, 219

『金鈴』九條武子（大正9年）―228～230

『草の夢』與謝野晶子（大正11年）―067

『群黎』佐佐木幸綱（昭和44年）―154

『恋衣』山川登美子・與謝野晶子・増田（茅野）まさ子（雅子）（明治38年）―014, 019, 022, 030～031, 032, 210

『古泉千樫歌集』古泉千樫（大正元年）―178～179

『鯉の卵』大河原惇行（昭和59年）―192

『小扇』與謝野晶子（明治37年）―019,

022, 034
『心の遠景』與謝野晶子(昭和3年)―024
『後拾遺和歌集』―209

〈さ行〉

『さくら草』與謝野晶子(大正4年)―052~053, 057~058
『佐保姫』與謝野晶子(明治42年)―015, 024~025, 044~045, 048~051, 057, 061
『覚めたる歌』金子薫園(明治43年)―164~165
『サラダ記念日』俵万智(昭和62年)―246~247
『山西省』宮柊二(昭和24年)―190~191
『死か藝術か』若山牧水(大正元年)―164~165
『死を見つめて』原阿佐緒(大正10年)―181~182
『収穫』前田夕暮(明治43年)―062, 142~143, 158~159
『朱葉集』與謝野晶子(大正5年)―052~053, 067, 173~175
『朱霊』葛原妙子(昭和45年)―239
『純黄』宮柊二(昭和61年)―231
『春泥集』與謝野晶子(明治44年)―012, 061~062, 224~226
『新月』佐佐木信綱(大正元年)―208~209
『新選岡本かの子集』岡本かの子(昭和15年)―079, 094~095, 110, 122, 126, 133, 136~137
『水苑』高野公彦(平成12年)―183
『水晶散歩』井辻朱美(平成13年)―235
『青煙集』岡本かの子他共著(大正9年)―094~106
『青海波』與謝野晶子(明治45年)―025, 052, 055~056, 063
『青卵』東直子(平成13年)―193
『横断歩道《ゼブラ・ゾーン》』梅内美華子(平成6年)―240~241
『草炎』安永蕗子(昭和45年)―176, 230
『存在の夏』村木道彦(平成20年)―236~238, 247~248

〈た行〉

『太陽と薔薇』與謝野晶子(大正10年)―011, 042~043, 226~228
『体力』河野裕子(平成9年)―241~243
『黄昏に』土岐哀果(明治45年)―145~146, 150~151, 171, 201~203
『小さなヴァイオリンが欲しくて』永井陽子(平成12年)―192
『乳房喪失』中城ふみ子(昭和29年)―157, 183~184, 220~221
『蝶文』安永蕗子(昭和52年)―186
『鉄幹子』與謝野鉄幹(明治34年)―197
『毒草』與謝野寛・與謝野晶子(明治37年)―019, 030~031, 054~055
『常夏』與謝野晶子(明治41年)―045~047
『天唇』村木道彦(昭和49年)―236~237, 247

『呑牛』佐佐木幸綱（平成10年）―154～155

〈な行〉

『夏より秋へ』與謝野晶子（大正3年）―012, 015, 020, 036～042, 057, 068～072
『南風紀行』笹原玉子（平成3年）―217～218
『日記の端より』尾上柴舟（大正2年）―093, 147, 151, 152

〈は行〉

『白桜集』與謝野晶子（昭和17年）―053
『白秋陶像』宮柊二（昭和61年）―231
『中庭《パティオ》』栗木京子（平成2年）―156
『バリケード・一九六六年二月』福島泰樹（昭和44年）―153～154
『春の旋律』佐伯裕子（昭和60年）―235～236
『晩夏』宮柊二（昭和26年）―184～186
『飛行』葛原妙子（昭和29年）―172～173
『火の鳥』與謝野晶子（大正8年）―067
『深見草』岡本かの子（昭和15年）―082
『不文の掟』大西民子（昭和35年）―180, 232～233

〈ま行〉

『舞姫』與謝野晶子（明治39年）―035, 064～066, 207～208
『万葉集』―207
『若月祭《みかづきさい》』梅内美華子（平成11年）―155～156
『水惑星』栗木京子（昭和59年）―222, 234～235
『みだれ髪』與謝野晶子（明治34年）―016～021, 023, 026～031, 032～033, 035, 036, 052, 198, 210～213
『無数の耳』大西民子（昭和41年）―222
『村木道彦歌集』（昭和54年）―236～237
『紫』與謝野鉄幹（明治34年）―197～199

〈や行〉

『夢之華』與謝野晶子（明治39年）―033, 045～046, 054～055, 225
『百合オイル』江戸雪（平成9年）―241
『羊雲離散』小野茂樹（昭和42年）―176～177
『浴身』岡本かの子（大正14年）―087～089, 130～131

〈ら行〉

『緑金の森』宮柊二（昭和61年）―231～232
『涙痕』原阿佐緒（大正2年）―169～171
『レセプション』高瀬一誌（平成元年）―193, 233～234

〈わ行〉

『わが最終歌集』岡本かの子（昭和4年）―094, 124～125, 131～132
『吾木香』三ヶ島葭子（大正10年）―098

主要参考文献索引（初出順・数字はページ）

初出一覧

一　與謝野晶子

1　美意識　「熾」2005年1月号
2　時代　「熾」2005年5月号
3　色彩感覚　「熾」2005年6月号
4　季節感　「熾」2005年7月号
5　裁ち、そして縫う　「熾」2005年8月号
6　衣服と身体　「熾」2005年9月号

二　岡本かの子

1　装うということ　「熾」2007年7月号
2　布の手触り　「熾」2007年8月号
3　時代の個性　「熾」2007年9月号
4　苦手な裁縫　「熾」2007年10月号
5　履物に寄せる心　「熾」2007年11月号
6　洋装するかのこ　「熾」2007年12月号

三　移りゆく時代のなかで

1　外套　「北冬」（№008）2008年10月刊
2　シャツ　「熾」2010年9月号
3　帽子　「熾」2010年7月号
4　手袋　「熾」2008年1月号
5　足袋　「熾」2014年6月号
6　靴下　書き下ろし
7　懐とポケット　「熾」2012年8月号
8　八ツ口　「熾」2012年7月号
9　ボタン　「熾」2010年8月号
10　衣桁と着物　「北冬」（№015）2014年4月刊
11　吊られた服　「熾」2014年5月号
12　革ジャン　「北冬」（№016）2015年6月刊

著者略歴

大久保春乃《おおくぼはるの》

1962年(昭和37年)、神奈川県平塚市に生まれる。88年、短歌結社「醍醐」入会。89年、日本女子大学大学院修士課程家政学研究科被服学専攻修了。2000年(平成12年)、「醍醐」新人賞受賞。03年、「醍醐」退会。04年4月、短歌結社「熾」入会。歌集に、『いちばん大きな甕をください』(01年、北冬舎)、『草身』(08年、同)がある。

《主題》で楽しむ100年の短歌

衣服の歌

時代《じだい》の風《かぜ》に吹《ふ》かれて。

2015年11月10日　初版印刷
2015年11月20日　初版発行

著者
大久保春乃

発行人
柳下和久

発行所
北冬舎
〒101-0062東京都千代田区神田駿河台1-5-6-408
電話・FAX　03-3292-0350
振替口座　00130-7-74750
http://hokutousya.jimdo.com/

印刷・製本　株式会社シナノ

ISBN978-4-903792-56-9　C0095

北冬舎の本＊

シリーズ◈《主題》で楽しむ１００年の短歌

天候の歌
雨よ、雪よ、風よ。
２刷
高柳蕗子
「雨、雪、風」を主題にしたすぐれた歌の魅力を楽しく新鮮に読解する
２０００円

家族の歌
幸福でも、不幸でも、家族は家族。
古谷智子
時代の進展とともに変わりゆく家族の《豊饒な劇》を５００余首で辿る
２４００円

◈

大久保春乃歌集
いちばん大きな甕をください
口語文体の持つ、やわらかであまやかな抒情に満ちた清新な第一歌集
２０００円

草身
進境著しい歌のこころがつかまえた世界への愛に溢れる充実の第二歌集
２２００円

＊好評既刊
価格は本体価格